KB093413

Fantasy Library XXI

봉신전설

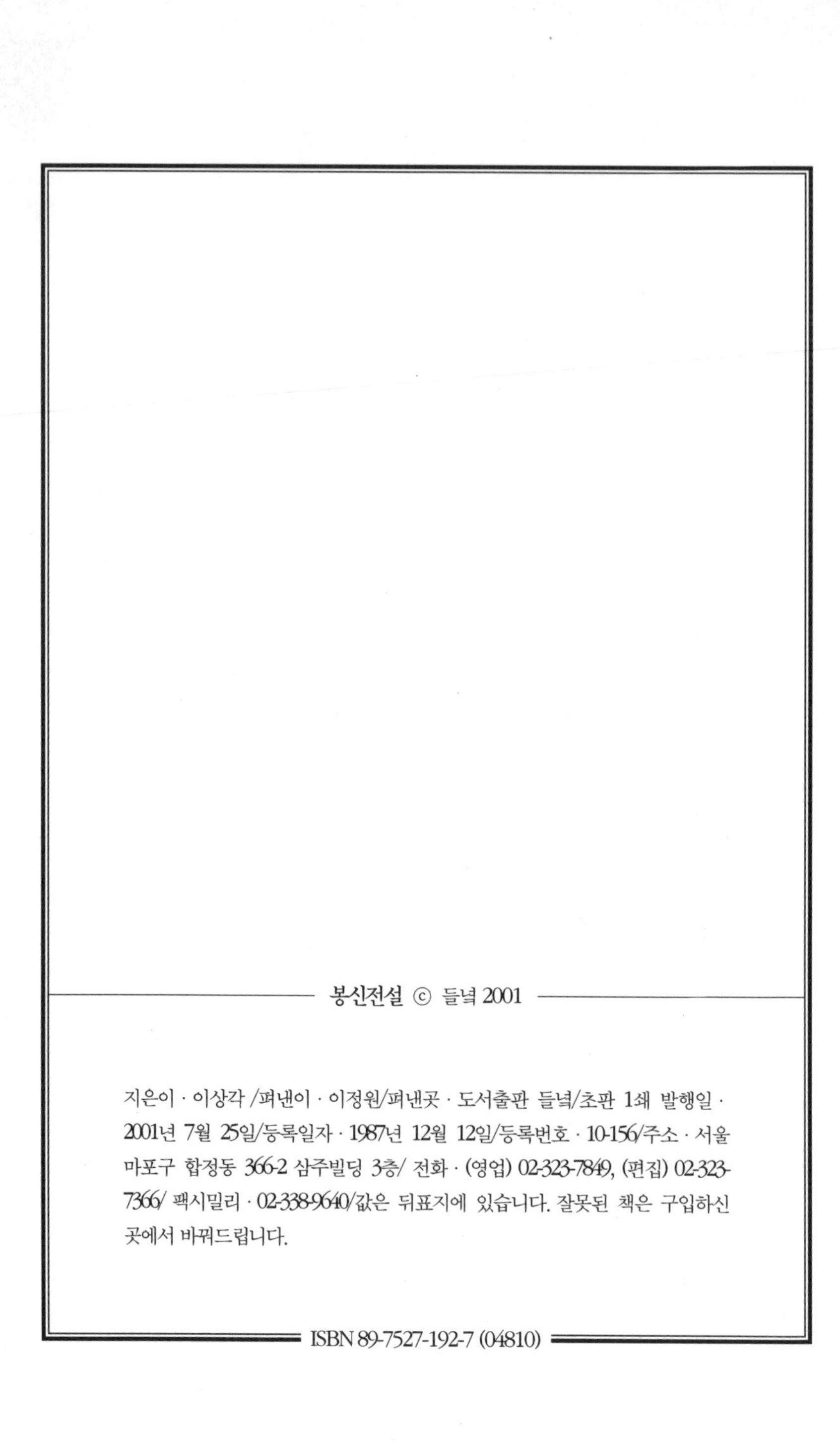

지은이 · 이상각 /펴낸이 · 이정원/펴낸곳 · 도서출판 들녘/초판 1쇄 발행일 · 2001년 7월 25일/등록일자 · 1987년 12월 12일/등록번호 · 10-156/주소 · 서울 마포구 합정동 366-2 삼주빌딩 3층/ 전화 · (영업) 02-323-7849, (편집) 02-323-7366/ 팩시밀리 · 02-338-9640/값은 뒤표지에 있습니다. 잘못된 책은 구입하신 곳에서 바꿔드립니다.

ISBN 89-7527-192-7 (04810)

봉신전설

이상각 지음

들녘

■ 들어가기 전에

『봉신전설』은 어떤 소설인가

『봉신전설』은 실제 역사적 사건인 은주역성혁명을 씨줄로 삼고 도교의 상상세계를 날줄로 삼아 중국 고대의 수많은 실제인물과 가공인물을 등장시켜 써 내려간 기이한 팬터지 소설이다.

그 내용 또한 고리타분한 권선징악의 형태를 피하고 최고 권력자인 황제와 대선인들을 마음껏 조롱하고 비판하며 신명 나게 이야기를 풀어나간다. 마치 마당쇠가 양반을 마음껏 갖고 노는 우리나라의 탈춤 내용을 연상케 한다.

선인들의 보패(寶貝)라고 불리는 무기들은 오늘날의 관점에서 보아도 입이 딱 벌어질 정도이다. 휴대용 미사일과 다름없는 건곤권이나 번천인, 이에 대항하는 패트리어트 미사일격인 낙보금전, 화염방사기인 오화신염선과 생물학 무기인 온황이나 백광 등등…….

어디 그뿐인가. 만능 로봇인 황건역사와 인조 인간의 경지에 오른 보패인간 나타, 크기를 조절할 수 있는 괴수 화호초나 효천견 등의 활약상은 황당무계를 넘어서 과학이 존재하지 않던 시대에 어떻게 그런 생각을 할 수 있었는지 신비스럽기까지 하다.

그리하여 혹자들은 중국 4대기서에 『서문경』과 반금련의 퇴폐적인 사랑놀음인 『금병매』를 빼고 『삼국지연의』 · 『서유기』 · 『수호지』 · 『봉신연의』를 들기도 한다.

이 책의 제목으로는 『봉신연의』 또는 『상주연의』 · 『봉신방』 · 『서주연의』 · 심지어는 『비평전상무왕벌주외사봉신연의』라는 길고 긴 이름도 있다. 그만큼 『봉신전설』이 중국의 민중들에게 대대로 구전되어오면서 변신에 변신을 거듭했다는 뜻일 게다.

이 변화무쌍한 스토리가 구체적인 소설의 형태로 정리된 것은 명나라 때 사람 허중림에 의해서라는 설과 원나라 때 사람 육서성이라는 설이 있지만 오늘에 와서 그 진위를 왈가왈부한다는 것은 기실 부질없는 짓이다. 우리나라의 『춘향전』이나 『수궁가』 등을 보아도, 그것들은 판소리나 민요, 전설 등 다양한 모습으로 구전되어오다가 근세에 이르러 신재효에 의해 기록되었지만 그것은 민중들의 작품이지 기록자의 창작품은 분명 아닌 것이다.

아무튼 『봉신전설』은 장르에 있어서 굳이 따지자면 괴기소설이나 신마소설쯤으로 분류될 것이지만, 재미를 넘어서 그 안에 담겨 있는 신화와 역사성도 무시할 수 없는 부분이 많다.

준비가 되었다면 이제 그 『봉신전설』 속으로 들어가 보기로 하자.

차 례

『봉신전설』 속으로

『봉신전설』의 주역

선계 · 천교

강자아/나타/양전/뇌진자/금타 · 목타/황천화/위호/이정/양임/토행손/원시천존/은교 · 은홍/연등도인/적정자/광성자/보현진인/문수광법천존/구류손/자항도인/태을진인/옥정진인/운중자/옥허궁의 대선들/신공표/육압도인/

선계 · 절교

문중/여화/구룡도 사성/일성구군/통천교주/조공명/운소낭랑/여악/마원/나선 · 유환/화령성모/벽유궁의 대선들/

하계 · 은나라

주왕/달기/비간/비중 · 우혼/비렴 · 악래/장규 · 고란영/마가사장/공선/구인 · 진기/매산칠괴/

하계 · 주나라

문왕/무왕/희백읍고/무길/황비호/황천상/숭흑호/소호/정륜/등선옥/

1부

『봉신전설』 속으로

『봉신전설』의 역사적 배경

삼황오제에서 하 왕조까지

이 고대 중국의 시기는 오직 전설상으로만 전한다. 이 시기는 인간이 원시 시대를 거쳐 일정한 부족 집단을 건설하는 과정에서 배태된 전설의 시기이다.

삼황오제(三皇五帝) 중에서도 헌원씨, 즉 황제는 중화민족의 공동 조상으로 오랫동안 신격화되어 나타난다. 하지만 그는 어디까지나 전설의 인물일 뿐 역사의 인물은 태평성대로 일컬어지는 요와 순부터이다.

이설이 있기는 하지만 헌원 황제의 뒤를 이어 전욱 · 제곡 · 요 · 순의 네 임금이 왕위를 계승했다고 한다. 이들 중 가장 주목받는 임금은 역시 요와 순이다.

춘추 시대 노나라 사람인 공자는 그의 책 『상서』에서 이 두 인물을 언급함으로써 요 · 순 시대를 정통 역사의 반열에 올려놓았다. 이 책에서는 그들을 성인이라기보다는 높은 인격을 갖춘 인간으로 묘사하고 있다.

전설에 의하면 자신의 아들이 덕이 없음을 안 요 임금은 말년에 허유라는 현인에게 양위하려 했지만 냉정하게 거절당했다고 한다.

요 임금은 하는 수 없이 현자로 알려진 순을 후계자로 점찍은 다음 일정한 테스트를 하였다. 시간이 지나 마침내 순의 인품에 확신을 얻은 그는 자신의 딸과 결혼시킨 뒤 왕위를 물려주었다.

이 순 임금 역시 훗날 덕이 부족한 자신의 아들을 제쳐놓고 당시 황하에 둑을 세워 대홍수를 막아낸 신하 우(禹)에게 왕위를 물려주었다.

이와 같은 대물림의 풍습은 '선양(禪讓)'이라 하여 뒤에 유학자들의 칭송을 받았다. 당시 일반화된 장자상속의 폐해에 지겨워진 유학자들로서는 현인을 찾아 왕위를 물려주었다는 고대의 풍습이 실로 그리웠을 것이다.

하지만 선양의 전통은 그것으로 마지막이었다. 사람들은 치수(治水)에 성공한 우 임금의 공적을 기려 그의 자손들로 하여금 계속 왕위를 잇게 하였던 것이다. 이로써 요순 시대의 아름다운 선양의 풍습은 사라지고 본격적인 세습 왕조가 시작되었다. 이 왕조를 일컬어 하(夏) 왕조라고 한다.

하 왕조는 우 임금으로부터 17대를 이어나갔지만 결국 폭군으로 알려진 걸왕 때에 이르러 성탕에 의해 역사의 뒤안길로 사라졌다.

은 왕조의 실제

하 왕조는 지금까지도 전설의 제국으로 알려져 있다. 하지만 그 뒤를 이은 은(殷) 왕조는 근대에 이르러 유적, 갑골문을 비롯한 유물이 출토됨에 따라 역사적인 사실로 인정받고 있다.

은나라는 하나라의 17대 임금 걸왕의 폭정으로 인해 백성들의 원성이 극에 달하자 천하제후들과 연합한 당시 변방의 제후인 성탕이 혁명에 성공함으로써 대륙의 주인으로 등장하였다.

은나라는 황하 하류인 지금의 하남성 안양에 자리잡고 31대에 걸쳐 존재한 것으로 알려져 있다. 훗날 은나라를 제압하는 주나라는 대륙의 서쪽, 지금의 섬서성 위수 근처에 있던 제후국이다.

초기 은나라의 왕은 신권정치를 행하였고, 왕은 일종의 사제로서 존재했던 것으로 보인다. 하지만 후대로 내려오면서 점차 세속적인 전제군주가 되었다.

멸망하는 제국의 조짐이 그렇듯, 은나라의 마지막 왕 주왕 때에 이르러서는 절대권력을 행사하고, 달기라는 미녀에게 홀려 정사를 외면함은 물론 엄청난 토목공사를 추진하여 백성들의 원성을 산다. 엎친 데 덮친 격으로 은나라는 당시 북쪽에 자리잡고 있던 동이족의 세력과 충돌하기까지 하여 안팎으로 어수선한 상황을 맞이하였다.

대륙의 서쪽에서 오랫동안 세력을 키워온 주나라는 이와 같은 기회를 놓치지 않았다. 그들은 태공망이란 걸출한 책사를 등용하여 건곤일척의 역성혁명을 도모하였으니, 마침내 목야 전투에서 최후의 승리를 거두고 천하의 대권을 거머쥐었던 것이다.

주 왕조의 흥망성쇠

은나라의 서쪽에 위치하고 있던 주나라는 서백후로 불리던 희창의 대에 이르자 주변의 군소 제후들을 통합하여 거대한 세력으로 변모하였다.

하지만 그는 주왕의 끊임없는 견제에 시달리다가 숨을 거둔 비운의 야심가였다. 문왕의 뜻을 이어받은 아들 무왕은 군사를 일으켜 동진을 거듭한 끝에 은나라와 정면으로 맞붙게 된다.

당시 은나라는 주왕의 폭정으로 국력이 쇠잔했다고는 하나 그때까지만 해도 수많은 충신과 장수들이 오롯하게 존재하고 있었다. 그러나 국내외의 정세가 어지러웠으므로 욱일승천하는 주나라의 기세를 꺾을 수 없었다.

이 은주간의 세대 교체로부터 역성혁명(易姓革命)이라는 말이 나왔다. 곧

'천하를 지배하는 씨족이 바뀌었다'는 뜻이다.

한편 은나라 멸망의 직접적인 계기는 당시 동방 이민족에 대한 무리한 원정 때문이라는 설도 있다. 즉, 은나라의 군대가 동쪽을 치는 틈에 서방 세력인 주나라에게 허를 찔렸다는 것이다.

이때 북방 이민족인 강족(羌族)이 주나라에 협력하는데, 그 대표적 인물이 바로 강자아라는 설이 제기되기도 한다. 이 때문에 후지사키 류의 일본 애니메이션에는 강자아가 강족의 일원으로 설정되고 있지만 그 진위 여부는 확실하지 않다.

아무튼 천하제패에 성공한 무왕은 지금의 협서성 위수 유역에 있는 호경이란 곳에 도읍을 삼았다. 논공행상으로 희씨 성을 가진 공신들에게 요충지인 노·위·진 지역을 하사했으며, 일등공신인 태공망 강자아 여상에게는 제나라 땅을 봉토로 주었다. 이로써 유명한 주나라의 봉건제도가 시작되었던 것이다.

주 왕조의 전성기는 초기 무왕부터 소왕·목왕에 이르는 짧은 기간이었다. 기원전 9세기에 이르자 각처에서 제후들의 반란이 일어나고, 융적(戎狄)이라 일컬었던 변방세력의 침입이 끊일 날이 없었다.

11대 선왕 때에 이르러 겨우 기울어진 세력을 회복하는가 싶었지만, 12대 유왕이 요부로 알려진 포사와 함께 혼음방종을 일삼아 국력이 쇠잔해지니, 마침내 견융(犬戎)의 공격을 받아 살해되고 말았다. 이로써 주 왕조의 맥이 잠시 끊겼다.

얼마 뒤 유왕의 아들 평왕이 권토중래하여 도읍을 성주로 옮기고 주왕조를 부흥시켰는데, 역사가들은 이 평왕의 천도 이전을 서주 시대, 이후를 동주 시대로 구분짓고 있다.

춘추전국시대의 도래

그로부터 약 반세기가 지나 주 왕실의 힘이 쇠약해지고 반대로 제후국들이 강성해지니 그때부터 춘추 시대가 시작되었다.

기원전 722년경을 기점으로 추정되는 춘추 시대에는 여러 제후국들간의 전쟁과 회맹으로 전국이 극도로 어지러웠다. 이때 제나라의 환공, 진나라의 문공과 같은 강력한 패자들이 나타나 중원의 질서를 유지하였다.

하지만 이들 패자는 혼자 힘으로는 이합집산을 거듭하는 수많은 제후국들을 물리칠 능력이 없었으므로 명목상 주나라 왕실을 보존한 채 일인자 행세를 하였다.

기원전 5세기경에 이르자 극도로 쇠약해진 주나라의 위열왕은 주변에 있던 한 · 위 · 조 세 나라를 두려워하여 정식 국가로 인정해주었다.

이 시기로부터 전국 시대가 시작된 것으로 보는 사가들이 많다. 왜냐하면 주나라 초기에 개창된 봉건제도가 붕괴되었다고 보기 때문이다.

이와 함께 주나라는 낙양 부근의 작은 제후국으로 전락한다. 하지만 그 또한 오래 가지 못했다. 기원전 256년, 주나라의 난왕이 강성한 진나라에 항복함으로써 그나마 가늘게 이어오던 왕조의 명맥은 완전히 끊어졌다.

금시조

금시조(琴翅鳥)는 본래 인도 신화 속에 등장하는 가루다를 말한다. 수미산 아래에 살면서 용을 잡아먹고 사는데 독수리의 형상을 하고 있다. 가루라 · 금시조 · 묘시조(妙翅鳥)라고도 하는 이 새는 인도의 『리그베다』에 나오는 수파르나 신화에서 비롯되었다.

신화에 따르면, 가루다는 용의 노예가 된 어미새 비나타를 구하기 위하여 불사의 묘약인 암리타(amr.ta,甘露)를 신들에게서 빼앗아 용에게 바친다. 그러나 훗날 인드라 신과 밀약을 맺고 용을 죽인 다음 암리타를 되찾아왔다. 그로부터 가루다는 용을 먹이로 삼게 되었다 한다.

밀교에서는 대범천 · 대자재천 등이 중생 구제를 위해 새로 화한 것이라 하고 또는 문수보살의 화신이라고도 한다. 『봉신전설』의 우익선은 이 금시조와 대붕이 합쳐져 만들어진 캐릭터이다.

사불상

사불상(四不像)은 실재하는 동물이다. 발굽 · 뿔 · 머리 · 체형 등의 형상이 서로 다르다 하여 사불상이라 이름붙은 것이다.

자세히 살펴보면 뿔은 사슴 뿔인데 사슴과 모양이 다르고, 몸통은 나귀를 닮았는데 나귀가 아니며, 머리는 말을 닮았는데 말이 아니고, 발굽은 소를 닮았는데 소가 아니다.

전설상의 사불상 역시 현재의 사불상과 그리 다르지 않다. 민화에서는 꽃과 괴석을 배경으로 하여 진한 색채로 한 쌍이 그려지거나, 해태상과 비슷한 형상으로 나타나는 경우를 가끔 볼 수 있다.

『봉신전설』에서 강자아의 탈것으로 등장한 사불상은 이 실제 동물과는 다른 모습으로 묘사된다.

『봉신전설』에 등장하는 고대 중국의 주요 인물

고대 중국은 창조주인 반고와 여와의 시대를 거쳐 복희씨 · 여와씨 · 신농씨라는 삼황(三皇)과 황제 · 전욱 · 제곡 · 요 · 순으로 이어지는 오제(五帝)의 시대로 이어진다. 이어 순 임금이 우 임금에게 양위하니 비로소 하 왕조가 열린다. 하 왕조는 우 임금으로부터 17대 걸왕까지 이어진 다음, 성탕에 의해 역성혁명이 이루어져 은나라가 성립된다. 은나라는 시조인 탕왕으로부터 31대 주왕까지 이어진 뒤 그 제국의 역사를 주나라 무왕에게 넘긴다. 『봉신전설』은 바로 이 은주역성혁명의 현장에 있다.
(*『봉신전설』에 묘사되는 인물이나 연대는 전설이나 역사적인 사실과 같으면서도 상이한 점이 많다.)

천상천하의 창조자, 반고

태초 이전에는 빛도 어둠도 없는 혼돈이었다. 그 알〔卵〕과 같은 혼돈 속에서 반고(盤古)가 태어났다. 1만 8천 년 뒤 깊은 잠에서 깨어난 반고는 혼돈을 둘로 갈랐으니, 양의 기운은 떠올라 하늘이 되고 음의 기운은 가라앉아 땅이 되었다.

이에 반고는 자신의 몸으로 하늘을 떠받치고 땅을 짓눌러 서로 합치지 못하게 하였다. 이후 그의 키가 점점 자라면서 하늘과 땅의 간격이 점점 멀어졌으니, 1만 8천 년이 지나자 하늘과 땅은 영원히 떨어지게 되었다.

반고는 죽을 때가 되자 자신의 육신을 천지 만물로 변화시켰다. 그리하여 호흡은 바람과 구름이 되고, 목소리는 번개와 천둥이 되었으며, 왼쪽 눈은 달이 되고, 오른쪽 눈은 해가 되었다. 피는 내가 되고, 근육은 지맥이 되었으며, 살은 논과 밭이 되었다. 또 머리카락과 수염은 별이 되고, 피부와 체모는 풀과 나무가 되었으며, 치아와 뼈는 금속과 암석이 되었다.

이로부터 땅 위에는 산이 솟아나고, 강물이 흘렀으며, 자연에는 온갖 나무와 새, 짐승들이 뛰놀게 되었고, 하늘에는 해와 달, 뭇 별들이 반짝이게 되었다고 한다.

인간의 어머니이며 수호천사인 여와

반고의 뒤를 이어 사람의 몸에 뱀의 꼬리를 단 형체의 여신 여와가 등장하였다.

그녀는 황토를 반죽해 인간을 만들었는데 시간이 많이 걸리자 물렁하게 반죽된 진흙 속에 새끼를 집어넣었다가 잡아당겨 그 끝에서 지상으로 떨어지는 조그만 진흙 덩어리로 인간을 만들었다.

훗날 수신(水神)인 공공씨와 화신(火神)인 축융씨 사이에 큰 싸움이 벌어졌는데 공공씨가 패하고 말았다. 이에 공공씨는 화가 치밀어올라 부주산(不周山)에 자신의 머리를 들이박았다.

그로 말미암아 부주산 꼭대기에 있는 하늘을 떠받치는 하늘기둥과 대지를 이어매는 땅줄이 부러지고 끊어져서 하늘은 서북쪽으로 땅은 동남쪽으로 기울어져 버렸다. 그와 동시에 구멍 뚫린 하늘로부터는 큰비가 쉴새없이 쏟아지고 하천은 범람하니 온갖 맹수와 흉조들이 발악을 하며 뛰쳐나와 인간을 마구 잡아먹는 등 큰 소동이 벌어졌다.

이에 여와는 급히 오색돌을 불에 녹여 반죽을 한 다음, 뚫린 하늘 구멍을 메웠다. 그리고 바다에 사는 거대한 거북의 네 다리를 잘라 부러진 하늘 기둥 대신으로 삼고 또 물가에 난 갈대를 태워 그 재로 범람한 강물을 막았다. 더불어 날뛰는 맹수와 흉조도 모두 제거하니 지상은 겨우 평온을 되찾았다.

하지만 이러한 여와의 노고도 완전치 못하여 중국 대륙은 지금도 서북쪽과 동남쪽으로 기울어져 있다고 한다.

인간적인 삶을 가르쳐준 소호

소호(少昊) 금천씨(金天氏)는 서방의 상제로 금신(金神) 욕수의 보좌를 받았다. 이름은 지(현효〔玄囂〕라고도 한다)로 전욱의 숙부이다. 어머니 황아(皇

娥)와 아버지 금성(金星) 사이에서 태어났다. 장성한 뒤 동쪽 바다 밖에 소호지국을 세웠는데, 그 나라의 신하와 각료들은 각양각색의 새였다.

그는 비둘기에게 교육, 독수리에게 병권, 뻐꾸기에게 건축 및 치수, 매에게 법률과 형벌, 산비둘기에게 언론을 담당하게 했다.

다섯 종류의 꿩에게는 목공 · 금속공 · 피혁공 · 도공 · 염색공의 일을 맡게 하였고, 아홉 가지의 콩새에게는 농업의 파종과 수확을 담당케 하였다.

오랜 세월이 흐른 뒤 고향인 서방으로 돌아가면서 새의 몸에 사람의 얼굴을 한 아들 중(重)을 동방의 천제 복희씨의 신하로 남겨두었는데, 그가 바로 나무의 신 구망이었다.

또 해(該)라는 아들을 욕수로 삼아 함께 서방으로 가서 천제가 된 뒤 서방 1만 2천 리를 다스렸다. 어린 조카 전욱을 위해 가야금과 비파를 만들어주었다고 한다.

예와 질서를 확립시킨 전욱

전욱(顓頊) 고양씨(高陽氏)는 남정(南正)의 중(重)에게 하늘을 관장케 하여 신을 다스리게 하고, 화정(火正)의 여(黎)에게 땅을 관장케 하여 백성들을 다스리게 한 다음 서로 침범하지 못하게 하였다.

그 옛날 하늘과 땅은 반고에 의해 떠밀려 멀어지긴 했지만 그 안에 소속된 구성원들은 비교적 교통이 자유로웠다. 하지만 이런 까닭에 질서가 잡히지 않아 몹시 혼란스러웠는데, 이런 천지의 무질서를 바로잡기 위해 전욱은 장사인 중과 여 두 신에게 명하여 하늘과 땅을 완전히 격리시켜서 신계의 질서를 명확히 했다고 한다.

이것은 나아가 인간 세계에 있어서의 계급 및 봉건 질서의 고착화를 의미하는 것이기도 했다. 그러는 한편으로 전욱은 예법을 강화하여 남존여비 체제를 구축했다고도 한다.

이 애기로 보아 『봉신전설』에서 목적하는 신계와 하계의 구분, 선계의 질서 확립이란 측면이 고대 중국의 전설과 무관하지 않음을 알 수 있겠다.

문명의 기초를 닦은 제곡

제곡(帝嚳) 고신씨(高辛氏)는 '태어나면서부터 신령하여 스스로 그 이름을 말했다' 라고 기록되어 있을 정도로 신동이었다고 한다. 때문에 그는 일찌감치 문화에 눈을 떠 여러 가지 악기와 음악을 제작하였다.

하지만 그의 능력은 아들인 요 임금이나 은 왕조의 시조인 설(契), 주

봉황

봉황(鳳凰)은 고대로부터 내려온 상서로운 새이다. 기린 · 거북 · 용과 함께 사령(四靈)의 일원으로서, 고래로 덕이 있는 군자가 천하의 패자가 될 조짐을 예시하는 영조(靈鳥)로 인식되었다.

봉황은 수시로 그 영검을 보인다. 요 임금이 재위할 때 궁궐에 봉황이 날아들었으며, 교외에서는 기린이 노닐었다고 하고, 순 임금 재위시에는 봉황이 궁궐의 오동나무에 머물며 대나무 열매를 먹고, 영천의 물을 마셨다고 전한다.

수놈을 봉(鳳), 암놈을 황(凰)이라 부르는데, 그 형상은 시대에 따라 다양하게 그려졌다. 외형은 닭과 같으며, 깃털은 5색으로 되어 있고, 몸의 각 부위에 각각 덕(德) · 희(喜) · 예(禮) · 신(信) 등의 글씨가 새겨져 있다고 한다. 봉(鳳)이란 글자는 은허에서 발견된 갑골문자에서 처음 나타난다.

봉황은 아무리 배가 고파도 더러운 음식에 입을 대지 않으며, 동방의 군자 나라에서 출현하여 사해 밖을 날아 곤륜산을 지나 중류지주에서 물을 마시므로 청렴의 상징으로 여겨지기도 한다.

왕조의 시조로 일컬어지는 후직(後稷)의 근원이란 점에서 더욱 칭송받고 있다.

『사기』에는 "제곡의 휘하 제후인 진봉씨의 딸을 아내로 맞아 낳은 아들이 요 임금이고, 둘째 부인인 간적의 자식이 설이다"라고 적혀 있다. 또한 첫째 부인인 강원이 낳은 아들이 후직이다.

그가 재위하던 시절 변방의 방왕이란 제후가 모반을 일으키자 그는 나라의 멸망을 염려하여 방왕의 머리를 베어오는 사람에게 온갖 부귀영화를 보장하고 더불어 자신의 딸을 주겠다고 하였다. 그러자 애견인 반호(盤瓠)가 행방불명되었다가 나타났는데 입에 방왕의 목이 물려 있었다. 제곡이 상대가 개인지라 약속 이행을 주저하자 공주가 자청하여 반호의 아내가 되었다고 한다. 반호와 공주 사이에서 3남 6녀의 자녀가 태어나 번성했으므로 이를 일러 견융(犬戎)의 나라라고 하였다.

물론 이것은 이민족간의 결혼이 설화화된 것으로 보인다.

불을 전해준 수인씨 · 집을 지어준 유소씨

인간에게 불로 음식을 익혀 먹는 법을 가르쳐주었다는 수인씨(燧人氏)는 삼황(三皇)의 일인으로 거명되기도 하지만, 문화의 발전과정으로 보아 유소씨(有巢氏)를 그 앞에 세우기도 한다.

『한비자』에는 이렇게 쓰여 있다.

상고 시대에는 인간의 수가 드물어 금수나 벌레들의 피해를 많이 보았다. 이때 유소씨가 출현해서 나무 위에 집을 짓고 그 재해를 피하게 해주었다. 또한 이때는 사람들이 초목의 열매나 고기를 날것으로 먹어 병이 잘 걸렸으므로, 수인씨가 부싯돌로 불을 일으켜 익혀 먹는 법을 가르쳐 주었다.

아무튼 이들은 원시 시대에 인간들의 주거환경과 식생활의 변화를 선도했던 존재들임에 분명하다.

팔괘 · 혼인 · 목축법을 알려준 복희씨

태호(太昊) 복희씨(伏羲氏)는 성은 풍(風)씨로 불을 처음 사용한 수인씨의 뒤를 이어 왕이 되었는데, 그의 아내가 바로 사람을 만든 여와이다. 그의 형상은 여와와 마찬가지로 사람의 몸에 뱀의 꼬리를 지녔는데 용(龍)이 그의 상징이었다.

그는 음양의 변화를 관찰하여 팔괘(八卦)를 만들어 인간의 앞날을 점칠 수 있도록 하였고, 그물을 만들어 사람들에게 고기잡이를 가르쳤다. 또한 혼인제도와 목축업을 번성시켰으며 악곡을 만들었다 하니, 아마도 그는 유

공작

불교에서 공작(孔雀)은, 곧 '공작을 타고 다니면서 모든 재앙을 물리친다'는 불모대공작명왕을 상징한다.
당나라 승려 불공이 번역한 『불모대공작명왕경』에는 공작명왕의 「대다라니경」을 외우면 독사의 맹독을 비롯해서 모든 불안과 공포, 번뇌가 사라지고 마음에 안락을 찾을 수 있다고 쓰여 있다.
밀교에서는 공작명왕을 공작경법의 본존으로 받들어 모신다. 천상에서는 매우 친밀한 성격이지만 하계에 내려오면 적을 찾을 수 없을 정도로 사납다고 한다.
『봉신전설』에서도 공작의 화신으로 등장하는 공선은 예의 오색신광을 내뿜으면서 동벌군의 앞길을 막아서는데, 연등도인과 같은 대선도 이겨낼 수 없을 만큼 막강한 힘을 과시한다.

목민족의 후예가 아닐까 짐작된다.

『회남자』 천문훈에 따르면, "복희씨는 사후 동방의 천제가 되었으며, 나무의 신 구망이 그를 보좌하였다. 그는 봄과 생명을 관장하였으므로 복희씨가 출현할 때는 만물이 소생하고 생장하는 봄이 온다"고 하였다.

이와 같은 복희씨의 영향을 받은 중국 고대의 제왕들은 만물의 기본적인 품성으로 여겨진 금목수화토(金木水火土) 가운데 하나를 취하여 자신의 상징으로 삼았는데, 예를 들어 『봉신전설』에 나오는 주나라의 상징은 화(火)의 붉은 깃발이었다.

『여씨춘추』에 의하면 복희씨는 살아서는 목덕(木德)으로써 천하의 왕이었고, 죽어서는 천제가 되었다. 도교에서도 그를 동방의 천제라 칭하였으니, 곧 천계의 주인일 것이다. 그가 죽은 뒤 여와가 왕위를 계승했다.

의학의 시조 신농씨

염제(炎帝) 신농씨(神農氏)는 성은 강(姜)씨로 열산씨(烈山氏)라 불렸다. 전설에 의하면 여와의 뒤를 이어 140년간 재위하였다. 형상은 소의 머리에 사람의 몸이었다 하니 그가 다스리던 영역이 소를 토템으로 하는 부족이었음을 짐작할 수 있다.

그는 인간을 위해 지상의 수많은 풀을 직접 먹어보고 독과 치료방법을 연구하였는데, 말년에 극독이 들어 있는 단장초란 식물을 맛보다 중독되어 숨지고 말았다고 한다.

그는 쟁기와 괭이, 보습 등의 농기구를 만들어 농사를 보급하고 약초로써 질병을 치료하였기에 사람들에게는 의약과 농업의 창시자로 알려져 있다.

신농씨 사후 점차 세력을 키운 그의 후예들은 동쪽으로 나아가 판천 땅에서 황제와 일전을 벌였으나 패한 뒤, 그 다음에는 황제와 연합하여 무신 치우(蚩尤)를 물리치고 황하 유역에서 오랫동안 번영을 누렸다 한다.

『회남자』 수무편에 의하면, "염제 신농씨는 자편이라는 붉은 회초리로 풀을 때려 약초에 독성이 있는지 없는지, 효능이 어떠한지, 성질이 차가운지 따뜻한지를 판별해내었다"고 한다.

그는 또한 직접 온갖 풀들을 맛보고 효능을 밝혔으니, 한 번은 70여 종의 독초를 맛보고 그 독성을 하나하나 없애는 놀라운 능력을 발휘하기도 하였다고 전한다. 산서성 태원시의 신부강에는 신농씨가 약초를 맛보았다는 전설상의 솥〔鼎〕이 남아 있다.

아무튼 염제 신농씨는 농경 시대에 수많은 기구와 약초를 연구하고 발명함으로써 질병을 극복하고 생업에 종사할 수 있도록 해준 상징적인 인물로 추측된다.

중화민족의 시조, 헌원씨

황제(黃帝), 성은 희(姬)이고, 호는 헌원씨(軒轅氏) 또는 웅씨(熊氏)로 불리는데 실질적인 중화민족의 시조로 추존되어 오고 있다.

『봉신전설』에서 문왕 희창이 비웅(飛熊)의 꿈을 꾸었다는 것은 곧 문왕이 헌원씨의 후예이며, 곰으로 상징되는 황제의 계시를 받았음을 의미한다.

황제는 헌원의 언덕에서 태어나 유웅(有熊) 땅에 살면서 관명을 운(雲)이라 하였다. 당시 욱일승천하던 염제 자손들과의 일전에서 승리한 황제는 염제의 자손들을 멸하지 않고 남방을 다스리도록 한다.

그때 남방에 세력을 떨치고 있던 치우가 황제 휘하의 염제의 자손들을 물리치고 스스로를 염제라 칭한 다음 황제에게 도전하자 드디어 탁록 땅에서 황제와 치우의 천하를 건 일전이 펼쳐진다. 군신으로 알려진 치우에게는 용맹스런 81명의 형제가 있었는데, 그들은 검과 갑옷 · 창 · 석궁 등을 발명하여 사용하였을 정도로 전쟁에 뛰어났다. 또한 치우에게는 안개를 일으키는 도술이 있었으므로 은폐, 엄폐에 능하였다.

이에 반하여 황제의 군대는 맹수들을 잘 다루었다는 전설로 보아 전투방식이 다분히 원시적이었던 것으로 추측된다. 때문에 황제의 패배는 당연한 것이었다.

하지만 수차례의 패배에서 문명에 눈을 뜬 황제는 풍후로 하여금 지남차(指南車)를 만들게 하여 방향을 식별케 하였으며, 서왕모의 병법서 『음부경』으로 진법을 사용하니 마침내 치우를 물리칠 수 있었다. 이는 병법과 신무기의 개발에 앞선 쪽이 전쟁에서 승리했음을 증명하는 것이다.

결국 이 전쟁에서 군신 치우는 황제에게 패하고 전신이 찢겨 사방에 나뉘어 묻혀졌다고 한다. 하지만 동이족의 전설에서는 그가 황제의 미인계에 넘어가 일전에서 패한 다음 고국으로 물러났다고 전한다.

아무튼 황제의 시기에는 방직기 · 배 · 수레 · 집 · 문자 · 음률 · 산수 · 역법 · 관 · 그릇 등 수많은 문명의 이기들이 발명되었으므로 백성들이 보다 편리하게 삶을 영위할 수 있게 되었다.

『사기』 봉선서에는 "황제의 나이 백 살이 되었을 때 수양산에서 보물스런 솥〔寶鼎〕을 주조한 다음 용을 타고 승천하였다"고 한다.

은 왕조를 연 성탕

성은 자(子), 이름은 리(履)이며, 무탕 · 무왕 · 천을 · 탕왕 등 여러 가지 이명(異名)이 있다. 은허에서 발견된 갑골문에는 당대을 · 고조을이라고 기록되어 있다. 그는 하나라를 멸망시킨 뒤 은나라를 건국했는데 13년간 재위하고 백 살 때 병사했다고 한다.

탕은 제곡의 후손 설(契)의 자손으로 하 왕조 말기 자신들의 세력이 점차 강맹해지고 하나라 걸왕이 민심을 잃자 천하를 넘보려는 뜻을 품는다.

이에 경계심을 품은 걸왕이 탕을 하대(夏台)에 유폐시키자, 그의 측근들은 수많은 황금을 바치고 간신들을 매수하여 그의 구원에 겨우 성공할 수 있었다. 사지에서 풀려난 탕은 이윤(伊尹)이라는 현인과 함께 대사를 도모하기 시작한다.

그의 덕망은 사람에게나 짐승에게나 고루 펼쳐져 뭇 백성들의 성원을 한몸에 받았다. 여기에는 한 가지 고사가 전해진다.

한 농부가 나무 위에서 그물을 펼쳐놓고 이렇게 말했다.

"하늘이든 땅이든 사방의 새들은 모두 그물 안으로 들어오너라."

지나가던 탕이 이 말을 듣고 농부에게 그물의 한쪽 면만 남겨두고 나머지는 모두 거두어들이도록 한 다음 이렇게 소리쳤다.

"새들아, 왼쪽으로 가고 싶으면 왼쪽으로 가고, 오른쪽으로 가고 싶으면 오른쪽으로 가라. 내 말을 듣지 못한 새들만 이 그물 안으로 들어오너라."

이 이야기가 세간에 전해지자 백성들은 금수에까지 미치는 그의 덕화에 감동하고 따랐다고 한다.

드디어 걸왕의 혼음무도함이 극에 다다르자 때가 왔음을 안 탕은 주변의 여러 제후국들과 연합하여 그때까지 하나라에 충성하는 갈 · 고 · 위를 제거한 다음 박으로 도읍을 옮기고 사태를 관망하였다. 하지만 그때까지 걸왕은 주변의 강대했던 구이족(九夷族)을 움직일 수 있었다. 이에 탕은 1년여를 기다린 다음 구이족까지 걸왕을 배반하자 마침내 총공격을 단행하였다.

그리하여 최후의 승리를 거두고 걸왕을 축출한 탕은 새 나라의 도읍을 박에 정한 후 세금을 감면하고 공역을 줄이는 등 백성을 위한 정치를 펴치다가 13년 뒤에 병사하였다. 이로부터 은나라를 일컬어 성탕(成湯)의 나라라고 하는 것이다.

하나라의 폭군 걸왕

하나라 최후의 임금이다. 이름은 계(癸), 이계(履癸)이며 중국 역사상 최초의 폭군으로 기록되어 있다. 그는 53년간 재위하였으며, 나라가 망하자 추방된 뒤 굶어죽었으며, 장지는 남소 땅의 와우산에 있다고 한다.

재위 초기, 영명하고 무용이 뛰어났던 걸왕은 끊임없이 주변국들을 침범하여 세력을 넓혔다. 하지만 점차 오만해진 그는 독불장군식으로 정사를 몰아부쳐 백성들의 원성을 샀다. 때맞추어 재위 33년째 되던 해에 유시씨가 바친 말희라는 미녀를 총애하면서부터 걸왕은 혼음방탕한 폭군의 길로 들어섰다.

그는 말희를 위해 옥으로 장식한 화려한 집〔瓊室〕, 상아로 장식한 회랑〔象廊〕, 옥으로 장식한 누대〔瑤台〕, 옥 침대〔玉床〕 등을 만드는 등 엄청난 재원을 낭비하였다. 이로 인하여 백성들은 조세의 고통에 시달리게 되었다.

무릇 패망한 왕들이 그랬듯이 걸왕 역시 간신들을 중용하고 충신들을 배척하였다. 이에 조량이라는 간신은 걸왕에게 향락과 약탈, 학살의 방법을 알려주고 사재를 모으기도 하였다.

이런 상황에서 탕이 현인 이윤을 천거하였지만 이미 요언에 기울어진 걸왕은 그의 능력을 알아보지 못하고 내쳐버렸다. 이로 인하여 탕은 다시금 이윤을 수하에 두고 혁명의 채비를 차근차근히 할 수 있었다.

만년에 이르러 더욱 황음무도해진 걸왕은 궐내에 야궁(夜宮)이라는 큰 연못을 만들고 선남선녀와 노니느라 한 달 동안이나 조회에 나가지 않았다.

이에 태사령 종고(終古)가 간언하였으나 받아들이지 않자 도망쳐 탕으로 귀의하였다. 또한 관룡봉(關龍逢)이 나서서 걸왕의 각성을 촉구하자 지겨워진 걸왕은 그를 참수형에 처해버렸다. 이렇듯 충신들을 외면하거나 죽이니 걸왕은 마침내 민심과 지지기반을 잃고 고립무원의 처지에 놓이게 되었다.

이런 와중에 민심이 탕에게 기울어짐을 경계한 걸왕은 그를 불러 하대에 가두었다. 하지만 탕은 하대를 빠져나간 뒤 곧바로 군대를 일으켰다.

드디어 명조 땅에서 양군은 천하를 건 최후의 일전을 벌였다. 이 싸움에서 대패한 걸왕은 말희와 함께 남소 땅으로 도주하였지만 결국 사로잡혔다가, 맨몸으로 추방당하는 신세가 되었다. 방황 끝에 와우산으로 들어간 걸왕과 말희는 결국 굶어죽고 말았다고 한다. 그런데 또 다른 기록에는 걸왕이 사로잡히지 않고 남소 땅에서 은둔하다 병사했다고 전하기도 한다.

훗날 송나라의 나필이란 학자는 걸왕의 죄상은 대부분 날조이며, 왕조 교체기에 필연적으로 수반되는 폭군의 전형으로 죄를 뒤집어쓴 것이라고 말하였다.

비유

『봉신전설』에서 절교측 도인인 화령성모의 본신으로 나오는 비유(肥遺)는 상상의 동물이다. 『산해경』의 서산경에는 비유에 대하여 이렇게 기록하고 있다.

화산 서쪽으로 60리를 가면 태화산이 나오는데, 깎아지른 듯이 높이 솟아 네 곳이 모나고, 그 높이는 5천길이나 되고 그 넓이는 10리나 된다. 새나 짐승은 살지 않으나 뱀이 있는데 비유라고 하며 여섯 개의 발에 네 개의 날개가 있다. 사람의 눈에 띄면 천하가 크게 가문다.

탁월한 병법가, 태공

본명은 강상(姜尙)이다. 그의 선조가 여(呂)나라에 봉하여져 여상(呂尙)이라고 불렸고, 속칭 강태공으로 알려져 있다. 주나라 문왕의 초빙을 받아 상부가 되었고, 무왕(武王)을 도와 은나라 주왕을 멸망시켜 천하를 평정하였으며 그 공으로 제나라의 제후가 되었다.

그는 본래 동해에 사는 가난한 사람이었으나, 위수 근처의 반계란 곳에서 낚시질을 하다가 문왕을 만나 그의 스승이 되었다.

실제로 그는 전국 시대부터 한나라 시대까지 놀라운 경제적 수완과 병법가로서 백성들에게 추앙받았지만, 공자를 위시한 유학자들의 의도적인 폄훼로 인하여 전설상의 인물로 변모하였다고 한다.

오늘날까지 전해지는 그의 병법서 『육도』에는 그가 문왕을 만나 천하경영을 논하고, 무왕과 함께 은나라를 공략하는 과정에서 벌어지는 오묘한 병법의 운용책들이 적나라하게 기록되어 있다.

『봉신전설』에는 그의 오묘한 병법과 천하경영이 들어 있는 『육도』의 사상과 그가 추구했던 도교적인 무위 정치의 삶이 그대로 녹아 들어가 있다.

중국에는 노자와 공자로 비견되는 철학의 흐름이 있고, 태공망(太公望)과 주공단(周公旦)으로 비견되는 국가경영의 흐름이 있다. 이 중에 태공망의 경우 후예인 제나라의 융성으로 이어졌는데, '치부(致富)에서 덕이 나온다'는 개념은 실로 그로부터 나온 것이다. 오늘날 유가의 득세 속에서 그의 존재가 희미해진 것은 사실이지만, 아직도 중국인들에게는 그가 추구했던 실질적인 삶의 방식이 그대로 전해져 내려오고 있다.

도교의 시조, 노자

중국 춘추 시대 말기의 사상가로 이름은 이이(李珥), 자는 담(聃)이다.

초나라 사람으로 주왕을 섬겼으나 나라의 쇠망을 예견하고 주나라를 떠날 때, 함곡관령 윤희의 간청으로 5,000자로 지은 책을 전해주었는데, 이것이 바로 도가 사상의 대표적인 저서로 알려져 있는 『노자 도덕경』이다.

그 동안 그의 실존이나 『노자 도덕경』의 저자인가에 대하여 많은 의혹들이 있었지만 도교의 중심인물인 것만은 분명하다. 그의 무위(無爲)의 선풍은 인의예지신(仁義禮智信)을 중시하는 유교의 유위(有爲)적인 기풍과 대비되는 바가 크다.

아무튼 도를 터득한 성인만이 이상세계를 실현할 수 있다는 그의 정치론은 제자백가의 법가(法家)와 결합되어 군주체제에 기여했다는 평가도 있다.

또 힘의 남용을 피하여 싸우지 않고 이기는 것을 최선으로 하는 그의 군사론은, 병법서 『육도』나 뒤에 나온 『손자』와 깊이 관련되어 있다. 현대 중국에서는 노자의 변증법적 사고방식을 높이 평가하면서도, 그 사상의 흐름이 귀족 계급을 비호하는 것이라 하여 비판하기도 한다.

그가 남긴 『노자 도덕경』은 약 5,000자, 81장으로 되어 있으며 상편 37장은 도경(道經), 하편 44장은 덕경(德經)이라고 한다.

책의 내용은 "도란 무위자연(無爲自然)으로 이루어져 있으며, 모든 대립은 인위적인 것으로 말미암아 생긴다. 혼란스런 시대를 극복하고 인간에게 화합과 평안을 주기 위해서는 무릇 '도'를 실천해야 한다"면서 그에 따른 여러 가지 방법론을 제시하고 있다.

진나라 때 사람 갈홍의 『포박자』에는 노자가 '태상노군'이라는 신선으로서의 진영이 다음과 같이 묘사되어 있다.

신장은 구척, 황색을 하고 있으며, 새의 주둥이같이 코가 높고 눈썹은 길게 자라서 다섯치가 되며, 귀의 길이는 일곱치, 이마에는 삼리(三理)가 있으며 머리의 맨 위로부터 발끝까지 팔괘(八卦)가 있다.

신령한 거북이로 요를 삼고, 금빛 기둥에 옥으로 만들어진 집에서 백은을 계단으로 하여 살며, 오색 구름으로 옷을 해입었다. 관(冠)은 몇 겹으로 겹쳐져 있으며 검 끝에 뾰족한 창이 달려 있다. 동자 120명을 거느리고 좌측과 동쪽에는 12마리의 청룡, 우측에는 26마리의 백호가 있으며, 앞에는 24마리의 주작, 북쪽에는 72마리의 현무가 있다.

전도에는 12마리의 궁기, 뒤따르는 종으로는 36마리의 벽사, 상공에는 뇌전이 훤하게 빛나고 있다. 이 일은 『선경(仙經)』에 기록되어 있는 바, 노군을 보면 수명이 연장되고 마음은 일월과 같이 맑고 밝아지며 무슨 일이든 모르는 것이 없게 된다.

역술을 체계화시킨 문왕

문왕은 주 왕조의 기초를 닦은 명군으로 성은 희(姬), 이름은 창(昌)이다. 50년간 재위했고 97세까지 살았다.

주나라의 시조로 알려진 후직은 제곡 고신씨의 아들로 요 · 순 · 우의 삼대 동안에 출세하여 농사를 맡은 농사(農師)가 되었다. 그 후 문왕의 조부인 고공단보가 주나라 평원에 거처하였으므로 훗날 국호를 주(周)라고 하였다.

문왕은 희창 사후에 추존된 칭호이고, 당시에는 은나라 주왕의 신하로서 서쪽 지방의 여러 제후들을 통솔하는 서백(西伯)이었다. 그래서 그를 서백창이라고도 한다.

문왕은 은나라 서토에 근거하며 세력을 키웠는데, 점차 인근 제후국들을 통합하면서 동진한 끝에 현재의 서안 남서부에 있는 호경에 도읍을 정하였다. 당시 은나라의 황제였던 주왕은 당시 산동반도에 위치한 동이족 정벌에 여념이 없었다. 이와 같은 절호의 기회를 틈타 문왕은 계속 황하를 따라 맹진까지 진격하였다.

평화주의자였던 그는 만년에 강태공을 얻어 더욱 위세를 떨쳤지만 본국인 은나라를 뒤엎으려 하지는 않았다. 이때 그는 주변국인 우(虞)와 예(芮) 두 나라의 분쟁을 중재하면서 천하제후들의 지지를 받는다.

그의 사후 아들 발이 즉위하자, 강태공은 역성혁명을 서둘러 은나라를 멸망시키고 주 왕조를 일으켰다.

역성혁명을 완성시킨 무왕

이름은 발(發)이고 문왕의 둘째아들이다. 그는 등극하자마자 강태공을 국상(國相)에 앉히고 동생 주공단과 소공석의 보좌를 받으며 내정을 정비하고 군사력을 강화해 역성혁명 준비에 박차를 가했다.

이듬해 희발은 맹진에서 천하의 제후들을 회맹하여 은나라 토벌의 기치를 높이 들었으나 시기가 좋지 않음을 알고 군대를 물렸다.

그 후 2년이 지난 뒤 때가 이르렀음을 깨달은 희발은 대군을 이끌고 주변 제후들과 다시 맹진에서 모인 다음 은나라 궤멸작전에 돌입하였다. 마침내 목야 전투에서 대승을 거둔 희발은 주나라를 건국하게 되었다.

이렇게 역성혁명에 성공한 희발은 주 왕실의 세력을 공고히 하기 위해 작위를 공(公) · 후(侯) · 백(伯) · 자(子) · 남(男) 5등급으로 나누어 황족과 공신들을 책봉하고 그들에게 제후국을 세우도록 했으니, 오늘날 공작(公爵)이니 백작(伯爵)이니 하는 귀족의 등급이 그로부터 연유한 것으로 짐작된다.

이에 따라 강태공은 영구 땅의 제나라에, 주공단은 곡부 땅의 노나라에, 소공석은 계구 땅의 연나라에 각각 분봉되었다. 그리고 은나라 잔존세력들의 반발을 무마하기 위해 주왕의 아들 무경을 은후(殷侯)에 봉하여 조가에 머물며 은나라 역대 왕의 제사를 모시도록 하였고, 황족인 관숙선과 채숙도, 곽숙처로 하여금 감독하게 하였다.

이렇게 천하를 얻은 희발은 오랜 전쟁으로 얻은 피로감을 이기지 못했던지 3년 만에 병을 얻어 세상을 떠나고 말았다.

그의 언행은 『상서(尙書)』의 태서(泰誓)와 『시경(詩經)』의 소남(召南)편 등 20여 개의 문헌에 자세히 전해 내려오고 있다.

백상

코끼리는 불교의 대표적인 상징 동물이다. 힘이 세면서도 점잖으므로 불타의 무한한 자비를 나타낸다. 고대 인도의 초기 불교 예술품을 보면 불타의 좌우에서 설법을 듣고 있는 코끼리상을 흔하게 볼 수 있다. 또한 경전에도 빈번하게 등장한다.

일찍이 인도인들은 코끼리를 일러 인내와 지혜, 뛰어난 기억력, 친절과 사랑, 활력과 위력, 무적의 힘과 용맹성, 불사와 장수, 온순과 순종, 자신을 보살펴주는 이에 대한 한결같은 헌신과 충직함 등의 집합체로 규정하였다.

반대로 코끼리에게는 전투적인 성질과 복수심, 반항심도 있다. 때문에 코끼리를 잘 다루는 사람은 최고의 능력자로 대우받았다.

불교 경전에서는 데바닷타란 사람이 사나운 코끼리를 풀어 석가모니를 해치고자 했지만 실패했다는 이야기가 전한다. 미친 코끼리가 석가모니를 향해 돌진하였지만, 정작 그의 앞에 이르자 긴 코를 늘어뜨리고 무릎을 꿇어 경배했다고 한다. 그리하여 석가모니를 상왕(象王)이라고 표현하기도 하는 것이다.

『봉신전설』에서 흰코끼리〔白象〕는 절교의 대선인 영아선으로 등장하는데, 만선진에서 준제도인에게 제압되어 서방으로 귀의한다.

덕행을 실천한 주공단

주공단은 공자가 역대 최고의 성인으로 칭송해 마지 않는 인물이다. 혁명의 대업을 완수한 무왕이 일찍 병사하였을 때 태자 송(誦)이 나이가 너무 어렸기에 당시 실권을 장악하고 있던 숙부 주공단이 7년간 섭정을 하였다. 이때 많은 사람들은 그의 왕위 찬탈을 우려하였다.

이런 와중에 조가에 남아 있던 주왕의 아들 무경이 감독관으로 있던 관숙선과 채숙도, 곽숙처를 선동하여 반란을 도모하였다. 이에 주공단은 망설임없이 그들을 진압하였는데, 저항이 만만치 않아 3년이 지난 뒤에야 주모자들을 사로잡을 수 있었다.

주공단은 반란의 수괴인 무경과 관숙선을 참수하고 채숙도는 추방하였으며, 은나라의 후예들은 송나라 지역으로 강제 이주시켰다. 그러고는 조가 지역을 위나라로 개칭한 다음 황족인 강숙봉을 왕으로 삼아 뒤이을 잔당들의 소요를 잠재웠다.

이후 주공단은 초기 왕조의 기초를 굳건히 다지는 한편, 관제를 새로 정하고 예악을 개조하는 등 수많은 업적을 남겼다. 그리고 일부의 의심을 비웃기라도 하듯 섭정 7년 만에 조카인 성왕에게 왕권을 되돌려주었다.

이렇듯 능히 왕위를 빼앗고 지탱할 만한 힘이 있었음에도 주공단은 스스로 신하의 자리에 서서 누란의 위기에 빠진 신생국의 뿌리를 튼튼히 자리매김하였으니, 훗날 공자가 그를 일러 성인이라 추앙했던 것이다.

구미호

『현중기』란 책에 "여우는 50년을 살면 여자로 변신할 수 있고, 백년이 넘으면 미녀나 무녀로 변신할 수 있다. 천년을 산 구미호(九尾狐)는 여우로서는 최고의 경지인 천호(天狐)가 되는데, 천계에서 천제의 궁정에 봉사하는 역할을 하며, 인간을 해치지 않는다.

천호의 수준에 다다른 여우는 이미 하급 수준의 신에 가까운 능력을 가지며, 그 능력이 극에 달하면 선도를 터득하여 하늘로 올라가 호조사라는 신이 될 수 있다"라고 쓰여 있다.

여우가 두려워하는 것은 사냥꾼이나 사냥개이다. 그것은 그들의 몸 속에 오랜 세월 동안 쌓여온 천적에 대한 공포 때문이라고 한다.

『봉신전설』에서 달기는 구미호가 변신한 것인데, 천계 선녀인 여와의 밀명을 완수하면 요괴의 영역에서 신선의 영역으로 옮겨갈 수 있다는 욕망을 갖고 있었기에 그가 더욱 필사적이었던 것이다.

기린

기린(麒麟)은 성스러운 짐승으로 봉황과 마찬가지로 그 출현은 평화와 번영의 전조이다. 기린의 모습은 사슴의 몸통, 소의 꼬리, 말의 다리, 머리에 한 개의 뿔을 갖고 있다. 머리는 늑대처럼 보이기도 하고 양처럼 보이기도 한다. 기린은 성스러운 짐승이므로 2천 년을 살 수 있다.

기린 중 수컷을 기(麒), 암컷을 린(麟)이라고 한다는 설이 있다. 이들의 차이점은 수컷 '기'가 뿔을 갖고 있지 않다는 점이다. 또 이들의 종류도 각양각색인데 푸른색은 용고, 붉은색은 염구, 흰색은 색명, 검은색은 각단, 황색은 기린이라 한다.

이 중 각단은 하루에 9,953킬로미터를 달릴 수 있으며 모든 민족의 말을 하고 유명계와 잘 통하니, 『봉신전설』에 나오는 문중의 흑기린은 바로 각단이 아닐까 싶다.

기린은 성격이 온화하고 윤리를 판단할 수 있는 짐승이다. 하지만 그런 성격과는 달리 싸울 때에는 매우 강력한 전투력을 발휘한다.

■도교

변무는 변무대로, 육손이는 육손이대로

『봉신전설』은 도교의 극점이랄 수 있는 선계의 가상적인 두 분파, 천교와 절교라는 인간 대 자연의 대결 구도와 함께, 은주역성혁명이라는 인간 대 인간의 권력 투쟁의 이벤트를 중심으로 전개된다.

물론 이 책은 기발한 중국인들의 상상력과 전설 속의 역사가 뒤섞여 어우러진 판타지에 다름 아니다. 하지만 그 안에 담겨 있는 여러 가지 복선들을 알고 이 책을 읽는다면 재미에 더한 감동을 얻을 수 있지 않을까 싶다.

도교와 유교의 차이

우선 노자, 즉 본문의 태상노군이 창시했다는 도교라는 유파가 무엇을 추구하고 있는지 알아보자.

중국 철학은 으레 공자로 대표되는 유교(儒教)와 노자로 대표되는 도교(道教)가 완연히 대비되어 맥을 이룬다. 이 두 철학이 추구하는 바를 한마디로 논한다면, 유가는 인간사의 시시비비나 선악, 생사를 분명하게 가리자는 입장이고, 도가는 그 모든 것을 초탈하여 자유로운 삶을 구가하자는 입장이라고 말할 수 있겠다.

도교는 사회를 바라보는 시선부터가 유교적 시각과는 매우 다르다. 그들은 인위적으로 만들어진 사회제도에 커다란 문제가 있다고 본다. 그것은 곧 인간의 참된 본성을 억압해 사회혼란을 조장한다는 것이다. 때문에 그들은 유교의 인(仁)이나 예(禮)를 부질없는 것으로 본다.

인간에게는 본래 소박하고 순수한 자연의 덕이 있다. 하지만 허례허식에 이끌려 사물의 본질이나 가치를 인식하지 못한다는 것이다. 그러므로 도가는 억지스런 인위(人爲)가 아니라 자연스러운 무위(無爲)를 추구하는 것이다. 그들에게 있어서 최고의 경지인 '도'는 이름붙일 수 없는 우주 자연의 본체를 일컫는다. 그것은 모든 만물이 생기는 원천이며 본성이다.

꿈이 곧 현실이다

이와 같은 도가의 이상은 『봉신전설』의 모두(冒頭)에 나오는 중국인들의 우주관에서 쉽게 발견할 수 있다. 그들에게 있어 이성적이거나 합리적인 것은 무의미하다. 그들에게 있어 환상은 망상이 아니라 실제이기 때문이다.

그러므로 『봉신전설』의 영수들은 『산해경』이라든지 『수신기』를 비롯한 고대의 기담전설에 끊임없이 등장하고, 등장인물 또한 수많은 이야기의 주인공으로 변화한다.

흰 원숭이 원홍은 『서유기』에서는 손오공으로, 나타는 요괴로 둔갑하며, 악의 화신들은 종종 정반대 성격인 불법의 수호자로 탈바꿈하기도 한다. 이렇듯 천변만화하는 물신들의 모습은 물아일체를 몸으로 체득한 그들의 세계관의 또 다른 표현이다. 이것은 얼핏 불합리한 것 같지만 꿈 같은 전설을 믿고 이해하는 성정이 있었기에 가능한 이야기이다.

때문에 현실 사회에서도 그들은 과감히 압제에 대항할 줄 안다. 또 목표를 달성한 다음에는 깨끗이 물러날 줄 안다. 설혹 실패한다 해도 멋진 영웅의 기담으로 남길 줄 아는 멋이 있다.

흐르는 물처럼 살아간다

도교인들에게 있어서 덕이란 자연의 도를 행함으로써 자연스럽게 얻어지는 그 무엇이다. 그 자연스러움에서 벗어날 때 인간은 평정심을 잃는다고 본다.

유교가 인간의 본성을 악이니 선이니로 규정하고, 그것을 보다 합리적으로 규제해야만 이상 세계가 구현된다고 믿는 것과는 달리, 도교에서는 무위자연, 즉 아무것도 하지 않는 것이 아니라 흐름을 거스르지 않는 삶을 지향한다.

백원(白猿)

맹진에서 동벌군의 앞을 막아선 원홍은 매산의 흰 원숭이의 정령으로 등장한다. 재미있는 것은 원홍이 양전처럼 72가지의 변신술을 자유롭게 시전함으로써 『서유기』의 손오공을 암시하고 있다는 점이다.

아무튼 중국에는 이와 같이 오랜 수행을 쌓아 사람과 같이 말을 하고 변신술을 가진 흰 원숭이의 이야기가 무수히 전해진다.

흰 원숭이가 인간으로 변할 때는 원(袁)이라는 성을 가진다. 그것은 원숭이를 의미하는 원(猿)과 음이 동일한 까닭이다.

『보강총백원전』이란 책에는 천년을 산 흰 원숭이가 등장한다. 그는 신선에 필적할 만한 능력을 가지고 있는데 하늘을 나는 능력, 변신 능력, 어떤 무기에도 죽지 않는 불사지체를 가지고 있다. 그래서 완전무장한 병사 백 명과 싸워도 물러섬이 없다. 약점이라면 술을 마시면 신통력이 사라지며, 배꼽 15센티미터 아래 부분에 무기가 들어갈 수 있다는 허점이 있다는 것이다.

'상선약수(上善若水)' 란 말이 있다. 물처럼 사는 것이 최선의 삶이란 것이다. 높은 데 있으면 낮은 데로 흐르고, 그리하여 큰 바다로 나아가면 다시 수증기가 되어 근본으로 돌아온다는 말이다.

그 동안 도교를, 세상을 등지고 사는 은자들의 망상쯤으로 여겨왔던 이들은 생각을 바꾸어야 할 것이다. 도교는 은둔이 아니라 자연스러운 세상을 구현하고자 하는 인간의 의지를 강조하는 실천 사상이기 때문이다.

실제로 노자의 『도덕경』이나 태공망의 『육도』에는 세상을 다스리는 구체적인 요결과 삶을 가치 있게 다듬는 최고의 경구들로 가득 차 있다.

존자강의 정치학

도교는 정치에도 적극적이었다. 노자는 군왕이 지녀야 할 세 가지 보배를 자애와 검약, 겸양으로 규정하고 이렇게 설명하였다.

첫째, 자애란 백성들을 사랑하고 양육하며, 그들의 생명을 중시하는 것이다. 이렇게 하면 백성들은 그 왕을 위해 목숨까지 내놓게 될 것이므로 어떤 외부의 침략에도 맞설 수 있다. 이런 마음가짐을 갖지 않는다면 언제라도 주왕처럼 쫓겨날 각오를 해야 하는 것이다.

둘째, 검약이란 백성들의 삶을 윤택하게 하는 비결이다. 유교에서는 '선비는 아무리 추워도 곁불은 쬐지 않는다' 지만 도교의 사상은 전혀 다르다. '곳간에서 인심이 나는 것이니 열심히 일하고 저축해야 한다' 고 주장한다.

그래서 이 같은 도가의 정치관을 적극적으로 실천한 강태공의 후예인 제환공이 주나라 말기 어지러운 춘추 시대의 패자가 될 수 있었던 것이다.

셋째, 그들은 불감위천하선(不敢爲天下先) 즉, '스스로 앞서지 않고 뒤처지니 결국은 앞서게 될 것이다' 란 말로 겸양을 강조한다.

물은 낮은 곳으로 흐르지만 결국 바다로 통한다. 그러므로 군왕이 겸허하다면 천하만민들이 즐거운 마음으로 그를 받들 것이다. 실로 강자존(强者存)이 아니라 존자강(存者强)의 명리가 아닐 수 없다.

극단은 천박하다

노자는 이와 같은 군왕의 세 가지 보배에 반대되는 것을 극단과 사치, 오만이라고 규정하였다. 무릇 군왕의 도를 뛰어넘는 욕심으로 인하여 천하에 번민을 초래하게 된다는 경고인 것이다.

이와 같은 노자의 사상은 뒤이은 장자에 의하여 꽃피워졌다. 장자는 깊이 있는 철학적 논의와 재미있는 우화, 비유들로 도교의 무위자연을 일반에 전파하였다.

일례로 『장자』의 제물론(齊物論)을 보면, 인간에게 모든 편견이나 집착에서 벗어날 것을 강조하고 있다. 그로 인하여 모든 만물이 어떤 차별도 없이 동등함을 느끼게 되리란 것이다. 건강한 사람이나 장애인이나, 부자나 거지, 사람이나 개미나 똑같은 우주의 일원임을 강조한다. 그것이 자연과 하나가 된 '도'의 본모습이라는 것이다.

『봉신전설』에서도 이와 같은 관점이 종종 드러난다. 인간 출신의 천교 선인들과 천지자연의 정령들이 모인 절교 선인들과의 대결은 어떻게 보면 인간이 가진 집착과 도교의 진정한 세계관과의 마찰이다.

때문에 기존의 수많은 텍스트들이 요괴니 정령이니 하는 존재를 비인간적이며 공존할 수 없는 악(惡)으로 규정해왔지만, 『봉신전설』에서는 천하란 우주의 구성원이 조화롭게 어우러져야 할 삶의 터전이며, 천명이란 그 자체의 정화작용이란 관점으로 해석하고 있다.

비워야 채워진다

즉, 선악(善惡) · 미추(美醜) · 생사(生死) · 고락(苦樂) 등은 절대적인 것이 아니라 동전의 양면처럼 하나의 실제에 담겨 있는 같은 몸체라는 것이다.

지구는 둥글고 밤이 있으면 낮이 있고 그것은 영원히 공존한다. 또한 생명의 유무와 관계없이 자연만물에 존재하는 모든 것은 다 중하니 바로 물아일체(物我一體)의 관점이다.

최근 세간에는 도시사회적인 병리가 드러나면서 명상이나 선(禪)이 각광을 받고 있다. 그렇지만 장자는 일찍이 우리에게 좌망(坐忘)을 권하였다.

대붕

대붕(大鵬)은 상상의 새로 엄청난 크기를 자랑한다. 『장자』의 소요유편에는 다음과 같은 '붕'에 대한 설명이 나온다.

북쪽 바다에 물고기가 있는데 그 이름은 곤(鯤)이라 한다. 그 크기는 몇천 리인지 헤아릴 수 없다. 이 물고기가 변화하여 새가 될 수도 있는데 그것이 붕(鵬)이다. 붕의 크기 또한 몇천 리가 되는지 아무도 아는 이가 없다. 이 붕새가 한 번 마음먹고 날면 그 날개를 펼친 모습이 마치 하늘에 드리운 구름과도 같다. 또 이 새가 한 번 날면 바다가 들끓고 바람이 이는 것이 남극 바다로 옮아가려 한다. 남극 바다란 흔히 말하는 천지(天池)이다.

제해라는 사람은 이렇게 말했다.
"붕새가 남극 바다로 옮아갈 때에는 날개가 3천리나 되는 수면을 치고, 거기서 일어나는 엄청난 선풍을 타고 날개를 흔들면서 9만리 상공으로 올라간다. 그리하여 여섯 달이 걸려서 남녘 바다에 이르면 비로소 깃을 접고 쉰다."

즉, '홀로 조용히 앉아 자신을 구속하는 일체의 것들을 잊어버리라' 는 것이다. 마음은 비워야만 채울 수 있다. 채우려 하면 넘치는 것, 곧 적당한 비움, 이 '허(虛)' 야말로 도교의 최고 경지일 것이다.

있는 그대로 사랑하라

『장자』 외편(外篇) 제8편을 보면 도가와 유가의 극명하게 다른 관점을 찾아볼 수 있다. 장자는 이렇게 말한다.

인간의 성정은 변무(騈拇), 즉 엄지와 검지발가락이 붙어 있는 장애와 손가락이 하나 더 있는 육손이와도 같다. 누군가가 변무의 붙어 있는 발가락을 잘라내면 그 사람은 몹시 고통스러워할 것이며 육손이의 한 손가락을 억지로 떼어내려 한다면 어떻게 되겠는가. 무슨 방법이 있는가. 그냥 두어라, 생각을 바꾸면 된다. 그 또한 세계의 한 조각일진대 왜 손을 대려 하는가.

하지만 유교적인 입장에서 변무나 육손이는 절대적으로 비정상적인 모습이므로 반드시 고쳐야만 한다고 말한다. 이런 까닭에 왼손과 바른손을 구별하고, 절의 횟수를 정하는 등 숱한 절차와 예절을 만들어 인간생활을 구속한다.

그렇게 이어져 내려온 오늘날의 세상을 봐라. 그 숱한 법률과 절차 속에 인간은 없고 형식만이 남아 주인 행세를 하고 있다.

인간의 참다운 삶이란 무엇인가, 쉽게 말한다면 하고 싶은 일을 하면서 사는 것이다. 그것이 밝은 측면이라면 더할 나위없이 좋을 것이고, 어두운 측면이라면 사회 자체의 정화작용에 의해 걸러진다는 시각이 바로 도교의 '무위' 이다.

참으로 현대적이지 않은가. 이런 까닭에 도교가 혼탁한 오늘날에 이르러 더욱 세인들의 각광을 받고 있는지도 모른다.

용

용(龍)은 중국을 상징하는 성스러운 동물이다. 황제의 얼굴은 용안이고, 황제의 옷에는 다섯 발톱의 용을 수놓기도 하였다. 용은 문(文)을 상징하는데, 바람과 구름 · 비 · 번개를 내리는 등 수많은 신통력을 가지고 있다.

용에는 비늘이 있는 교룡, 뿔이 난 지룡, 뿔이 없는 리룡, 날개가 있는 응룡 등 여러 가지가 있다. 이 중 남방에 사는 응룡은 비를 축적하는 능력이 있는데, 황제가 군신 치우와 싸울 때 바로 이 응룡의 힘을 빌려 물리쳤다고 한다.

용은 천년에 한번 뼈를 벗는데, 이런 현상을 태골이라고 한다. 또한 용은 잠자기를 좋아하여 오래 잘 때는 천년, 짧아도 수백 년을 잔다고 한다.

동양의 용은 서양의 드래곤과는 달리 악의를 갖고 있지 않지만 그 움직임 때문에 인간 세상에 엄청난 재앙을 초래하기도 한다. 세간에서는 바닷물이 기압의 차이에 의해 하늘로 치솟는 용오름 현상이나 토네이도 같은 돌풍이 불 때 이무기가 용이 되어 승천하는 것이라고 생각했다.

모든 하천과 호수에는 그 물을 관리하는 용신이 있다고 한다. 그 중에 가장 유명한 것이 바다를 관장하는 사해용왕인데, 그 모두가 오(敖)씨 성을 가지고 있다.

그들의 이름은 동해용왕 오광, 남해용왕 오윤, 서해용왕 오흠, 북해용왕 오순으로 알려져 있다. 『봉신전설』에서 나타에게 봉변을 당한 용왕이 바로 동해용왕이다.

■병법서 『육도』

민심을 따르면 천하를 얻는다

고대 중국의 병서에는 무경칠서(武經七書)라 일컫는 책들이 있다. 이는 곧 『육도(六韜)』·『손자(孫子)』·『오자(五子)』·『사마법(司馬法)』·『황석공삼략(黃石公三略)』·『울료자(蔚僚子)』·『이위공문대(李衛公問對)』의 일곱 권을 가리키는데, 이 중에서도 태공망의 『육도』를 최고의 고전으로 손꼽는다.

육도의 도(韜)는 화살을 넣는 주머니를 말하는데, 곧 '깊은 내용을 깊이 감추어 나타내지 않는다'는 뜻이다. 육도는 말 그대로 크게 여섯 가지의 비결이 있는데, 문도(文蹈)·무도(武蹈)·용도(龍蹈)·호도(虎蹈)·표도(豹蹈)·견도(犬蹈)가 그것이다.

이 각각의 비결은 주나라의 문왕이 문민정치를 통하여 나라를 부강하게 하였고, 무왕은 무력에 의해 악을 제압하여 평화와 번영의 시대를 건설하였으니, 무릇 병법을 행함에 있어서는 무궁무진한 용의 조화 속에 호랑이·표범·개 등의 다양한 힘을 모아 싸우면 백전백승할 수 있다는 의미를 담고 있다.

흔히 『육도』에 『삼략(三略)』을 더하여 『육도삼략』이라 통칭하는데, 『삼략』은 상략·중략·하략의 삼편으로 노자의 영향을 받아 강태공이 썼다는 설과 유방을 도와 천하를 통일한 장량이 황석공이란 이인으로부터 얻은 것이라는 설이 있지만 실제로는 수나라 무렵에 완성된 병법서로 알려져 있다.

병법이란 본래 승리를 쟁취하기 위한 권모술수에 다름 아니다. 때문에 그 본질적인 방법에는 속임수가 아닌 것이 드물다. 뇌물이나 미인계를 사용한다든지, 일부러 약점을 드러내어 상대방을 격동시킨다든지, 자기 진영의 강점을 감추는 등의 방법은 전쟁이 끊일 날이 없었던 중국 대륙의 무장들에게는 필수적인 지식이 아닐 수 없었다.

특히 이 『육도』에는 병법 외에도 '정의필승(正義必勝)' 이라는 대의가 담겨 있어 고래의 지식인들은 이 책을 필독서로 삼았다.

백성이 곧 권력이다

『봉신전설』에 수시로 등장하는 말 가운데 하나가 '천명에 순응하라' 라는 것이다.

이는 『육도』에 담겨 있는 '하늘에 순응하는 자는 창성하고 하늘에 역행하는 자는 망한다' 라는 말이나, '천하의 이익을 천하만민에게 돌려주는 자는 천하를 얻고, 그 이익을 독점하려는 자는 천하를 잃는다' 라는 말 등과 완연하게 상통하고 있다.

무릇 장수인 자는 선과 정의의 편에 서야만이 참다운 승리를 얻을 수 있다. 그것은 위정자들보다는 백성들의 고난과 아픔을 아우르는 장수가 되라는 교훈을 던져주고 있는 것이다.

실로 태공망은 폭군 주왕을 징벌하는 과정에서 백성들의 지지를 받지 않았다면 아무리 군사적인 우위에 서 있었더라도 실패할 수밖에 없었을 것이다.

주나라의 대군이 목야의 싸움에서 승리하고도 곧장 조가성을 공략하지 않고 조가 성민들의 대응을 기다렸던 것은 바로 이 때문이었다. 자신들의 거사가 천심, 곧 민심을 기반으로 한 것임을 천하에 알려 혁명의 정당성을 얻으려 했던 것이다.

창고가 가득해야 예절을 안다

병법서 『육도』에 나타난 태공망의 사상은 본질적으로 무력을 운용하는 방법이 주이지만, 그 바탕에는 항상 백성들을 중심에 놓고 천하를 다스려야 한다는 제왕의 행동양식을 설파하고 있다.

이런 까닭에 태공망은 역성혁명을 달성한 다음 제나라의 제후로 봉하여졌을 때 백성들을 괴롭히는 여러 예법을 간소화하고 실제적으로 그들의 삶을 윤택하게 할 수 있는 정치를 펴서 제나라를 부강국으로 만들었다.

그의 후예인 관중이 "창고가 가득해야 예절을 알고 의식이 풍족해야 영욕을 안다"란 말을 하게 된 것도 다 이런 태공망의 가르침을 이어받았기 때문이 아닌가 싶다.

그러기에 『봉신전설』의 소재는 포악한 주왕을 징벌하는 과정에서 일어나는 선계의 분란과 수많은 영웅들의 생멸에 관한 것이지만, 그 안에서 주인공 태공망이 한 인간으로서 걸어가는 고뇌의 역정은 우리들에게 또 다른 읽을거리를 제공해주고 있다.

곤륜산

『봉신전설』에서 곤륜산(崑崙山)은 천교의 본산 옥허궁이 있는 거대한 산맥이다. 기록에 따르면 이 산은 아득히 먼 서쪽에 있는데, 하늘과 가장 가까우며 여러 선인들이 사는 곳이라 하였다. 곤륜의 주위는 약수(弱水)라는 깊은 연못과 화림산이라고 하는 불타는 산이 감싸고 있으므로 일반인들은 도저히 접근할 수 없었다.

『회남자』에 따르면, "곤륜 안에는 구중궁궐이 우뚝 솟아 있는데 높이는 1만 1천리 114보 2척 6자나 된다. 서쪽으로는 주수 · 옥수 · 선수 · 불사수가 심어져 있고, 동쪽으로는 사당 · 낭간, 남쪽으로는 강수, 북쪽으로는 벽수와 요수가 심어져 있다. 성벽 주위에는 1,620미터마다 폭이 3미터가 되는 문이 440개가 있다. 이 문 옆에는 아홉 개의 샘이 있는데, 각각 불사약을 만드는 옥 그릇이 놓여져 있다.

곤륜산은 현포 · 양풍 · 번동이라는 세 개의 산으로 이루어져 있는데, 그 산 사이로 황수라는 강이 흐른다. 황수는 산을 세 번 돌아 원래의 곳으로 돌아오는데 이것을 단수라 하며 불사의 효능을 가지고 있다.

이 산은 신령하기 그지없어 언덕을 오르는 것만으로 선인이 될 수 있다. 또 곤륜의 언덕보다 훨씬 높은 곳에 양풍지산이 있는데 이 산에 올라가면 불사지체를 얻을 수 있다.

또 그 위로 배나 높은 곳에 현포가 있다. 이곳에 올라가면 바람과 비를 자유로이 다룰 수 있는 능력이 생긴다. 또 그 위로 배를 올라가면 천제가 사는 상천이 있다. 상천에 다다르면 드디어 신이 된다"라고 하였다.

삼교란 무엇인가

『봉신전설』은 삼교(三敎)가 합의한 봉신계획에 기초하여 봉신대상을 정한 다음, 대행자인 강자아로 하여금 은주역성혁명을 치르는 과정에서 그들을 봉신시켜 나가는 기나긴 여정의 기록이다.

본문에서 설정된 삼교란 도교의 두 분파인 천교와 절교, 서방의 인도(불교)로 묘사된다. 하지만 이는 소설적인 재미를 위한 복선일 뿐이다.

본래 동양의 삼교란 유불선(儒佛仙)이라는 세 개의 종교 내지는 정신적인 철학사조를 의미한다. 이들 중 도교는 주역을 대표로 하는 역학(易學)과 음양오행설(陰陽五行說), 풍수학(風水學)이라는 학문적인 성과를 낳았다. 특히 주역은 서양의 천문학에, 음양오행설은 물리학에, 풍수학은 지리기상학에 비견될 수 있는 과학적 이론이면서도 삶의 지혜와 생활의 덕목 또는 생의 의미를 제시해주고 있다.

이런 까닭에 성인으로 일컬어지는 공자까지도 책을 맨 끈이 세 번이나 끊어질 정도로 『주역』을 읽었던 것이다. '위편삼절(韋編三絶)' 이라는 고사성어는 여기에서 유래된 것이다.

어쨌든 이 유불선 삼교의 개념은 분명한 듯하면서도 일반인들에게는 어딘지 모호하게 느껴진다.

불교의 돈오(頓悟)나 유교의 천명(天命), 도교의 무위(無爲) 등이 그러한 것들이다. 하지만 그 궁극적인 목표가 '해탈성불(解脫成佛)'이나 '입신양명(立身揚名)', '우화등선(羽化登仙)'임을 알게 되면 의외로 간단해진다. 유교는 현세지향적이고 불교는 내세지향적이며, 도교는 탈인간지향적인 세계를 꿈꾸고 있는 것이다.

한편 궁극에 도달하기 위한 방법론에서도 삼교는 매우 다르다. 불교는 마음을 다스리지만 도교는 몸을 추구하며, 유교는 명예를 중시한다.

하지만 이 삼교 중 어느 하나도 쉬워보이지 않는 것은 그 궁극이란 것이 눈에 드러나지 않는 인간의 절대경지를 목표로 삼고 있기 때문이다.

그러나 이미 이룬 자가 있으니 더불어 추구하는 자가 있는 법, 생각하는 인간이라면 누구라도 그 궁극이 현재의 자신과 그리 멀지 않음을 깨달을 수 있지 않을까.

『산해경』

『산해경』의 기록에 따르면 중국에는 약 500여 종의 요괴와 마귀들이 있다고 한다. 이 숫자는 천여 종이 넘는 인도와는 비교할 수 없지만, 귀신의 천국인 일본과도 어깨를 겨룰 정도이다.
자연의 변화에 깊은 외경심을 갖고 있던 고대 중국인들은 상상의 산물인 요마(妖魔)로부터 자신을 지키기 위해 애썼는데, 그 텍스트가 바로 『백택도』이다.
이 『백택도』는 황제가 이 세상의 모든 귀신들을 만나본 다음 인간을 위해 기록으로 남긴 것이라 하는데, 현재에는 전하지 않는다.
다만 심산유곡이나 절해고도에서 수련하는 선인들을 위해 쓰여졌다는 기서(奇書) 『산해경』이 남아 있어, 오늘날 중국의 수많은 요괴와 마귀들의 면면을 살펴볼 수 있는 것이 그나마 다행스럽다.

야차

『봉신전설』에서 고루산 백골동의 도인으로 막강한 위력을 발휘한 마원의 본신이 야차(野次)이다.
이 야차는 본래 인도의 신인데 불교에서 받아들여 불교를 지키는 수호신의 역할을 맡고 있다. 불교를 지키는 수호신에는 사천왕(四天王)이 있는데, 그 중 비사문천(毘沙門天)이 바로 야차의 왕이다.
야차의 외모는 송곳니에 푸른 피부를 하고 있으며, 표범가죽으로 된 바지를 입고 있다. 야차의 먹이는 동물의 날고기이며 사람도 포함된다. 야차는 체력이 매우 좋아 하루에 오백 킬로미터까지도 바다를 가르고 나아갈 수 있다.
『요재지이』에는 타고 가던 배가 난파되어 야차의 나라에 흘러 들어간 뒤에 야차와 결혼한 서씨의 이야기가 전해진다. 둘 사이에 태어난 아이들은 인간의 외모에 야차의 능력을 이어받아 매우 뛰어난 재능을 보였다고 한다.

■ 선인들의 이야기

인간과 자연의 갈등, 천교와 절교

『봉신전설』은 도교를 바탕으로 쓰여진 책이다. 그러므로 필연적으로 선인이라는 존재가 등장하게 된다.

일반적으로 선인이라 하면 인간으로서의 경지를 뛰어넘어 구름을 타고 다니거나 희한한 도술을 자유자재로 행하는 인물들이다. 하지만 선인은 신이 아니면서도 마치 희랍의 신들처럼 인간적인 성정을 가지고 있다.

제우스나 아폴론, 아프로디테 등으로 일컬어지는 올림푸스의 제신들이 복잡다단한 인간사에 끼여들어 참견하는 것처럼 고대의 선인들 역시 민중들의 삶 속에서 온갖 희로애락을 함께 공유해왔다.

때문에 실제 역사 속의 인물이었던 노자나 강태공 등과 가상의 인물 나타나 양전 등이 역시 소설의 전반에 걸쳐 선계와 하계를 오가며 인간들의 삶에 간여하며 흥미진진한 활약상을 펼친다.

강자들의 전쟁

이 책에서는 도교를 천교와 절교라는 두 개의 유파로 나누어놓은 점이 매우 특이하다.

일반적으로 동양의 민간설화나 전설에서는 오래 산 동 · 식물 또는 무생물 바위 등이 천지자연의 정기와 일월의 정화를 받아 정령이 되는 것을 요괴나 요정으로 치부해왔다. 그 반대로 인간이 오랜 수행 끝에 우화등선하는 경우를 진정한 선인으로 추앙해왔다.

『봉신전설』은 이런 전혀 태생이 다른 두 부류 선인들의 쟁투와 하계의 은주역성혁명이 맞물려 있다. 극단끼리의 싸움은 언제나 재미있다. 그런 까닭에 일본 만화가 후지사키 류는 그의 작품에서 이들을 아예 선인과 요괴선인으로 구분지어놓기까지 하였다.

봉신계획의 음모론

아무튼 이들 선인들의 최초의 갈등은 선계에서 은밀히 추진된 봉신계획으로부터 비롯된다.

당시 선인들의 동부는 인간이든 선인이든 간에 뛰어난 자질만 있으면 누구에게나 활짝 개방되어 있었다. 그런데 이 때문에 수많은 얼치기 선인들이 양산되고, 이들은 선계와 하계를 자유롭게 교통한다. 이에 자칭 엘리트라 자처하는 선인들은 내심 자신들만의 세계에 안주하려는 생각을 품는다.

이와 같은 생각의 결과가 삼교 합의 아래 구체적인 봉신계획으로 입안된 것이다. 여기에는 상대적으로 세력 확장을 도모하고 있던 서방의 전폭적인 지지가 있었다. 그런데 이 계획에는 전혀 생각지 못한 암계가 깔려 있었다. 천교의 선인들이 인간이 아닌 몸으로 선인 행세를 하는 절교측 선인들을 이 기회에 말살하려는 생각을 가지고 있었던 것이다.

살겁의 운명

여기에는 또 하나의 복선이 있다. 본바탕이 인간이었던 선인에게는 '살겁(殺劫)'이라는 것이 있는데, 이것은 곧 살인 본능이다. 범인으로서는 이해할 수 없는 내용이지만 어떻게 보면 인간이란 자체가 약육강식, 적자생존의 운명을 갖고 있다는 전제일는지도 모른다.

때문에 천교측 선인들은 천오백 년이 지나면 이 살겁을 파해야 한다. 그렇지 못하면 그 동안 이루어놓은 도력을 모두 잃어버리게 되는 것이다.

바로 이 시기와 은나라의 천수가 다하는 때가 서로 맞아떨어지면서 그들은 선골은 없지만 뛰어난 재능을 가진 강자아라는 인물을 전면에 내세워 선계와 하계를 평정하는, 그야말로 양수 겹장의 수를 던지는 것이다.

선인들은 자신의 살겁을 해소하기 위해서는 살륙을 해야 하고, 마침 얼치기 선인들과 뛰어난 인간들을 합법적으로 죽일 수 있는 커다란 장이 마련된 셈이다.

이것은 화운궁에 있는 복희씨 · 신농씨 · 헌원씨 등 소위 천계의 신들까지 용인한 사실이었다. 그리하여 이 책에 등장하는 선인과 장수 · 요괴 · 정령 대부분이 봉신의 대상이 되었던 것이다.

천재 극복의 열망

이런 갈등을 다른 측면으로 해석할 수 있지 않을까 싶다. 고대 중국 대륙에서는 매년 황하가 범람하여 수많은 농토가 유실되고 굶어죽는 백성들이 부지기수였다. 때문에 치수(治水), 즉 홍수를 예방하는 일이 제왕의 조건이 될 정도로 백성들은 자연을 두려워하였다. 또한 수많은 맹수들의 피해를 입었을 것이다.

역설적으로 사람들은 이렇듯 강력한 힘을 발휘하는 자연물을 제압하고자 하였을 것이다. 시간이 가면서 황하를 다스리고 동물들을 포획하면서 인간은 자연에 대한 우월감을 갖게 되었다. 바로 이 점이 천교측 선인이 절교측 선인들을 무시하게 된 배경이 아니었을까.

하지만 인간만이 만물의 영장이라는 의식은 과거에는 정당했을지라도 오늘날의 관점에서 본다면 실로 교만하기 짝이 없는 생각이다. 그리하여 소설의 전편에서 핍박받는 절교도들은 천교도들을 향해 끊임없이 소리친다.

"천하는 너희들만의 것이 아니다. 우리가 없다면 너희들도 없다."

이것은 환경문제가 인류 생존의 제1의가 과제가 되고 있는 오늘날의 인간들에게 수천 년 전의 자연이 던져주는 무서운 경고가 아닐까.

황건역사

선계의 정통파를 주장하는 천교를 받드는 만능 호위병으로 모든 선술을 터득한 정교한 로봇이다. 상대가 아무리 멀리 떨어져 있어도 선인들의 명령만 있으면 즉시 상대를 집행한다. 하지만 마음이 없으므로 스스로 판단하여 행동하지는 못한다.
늘 목에 황색의 목도리를 감고 있기에 황건역사(黃巾力士)라고 한다. 천계의 인물이나 천교의 선인들은 그를 마음대로 부를 수 있는 권한을 가졌다.
일본 만화가 후지사키 류가 그린 『봉신연의』에는 이 황건역사에 대항하여 금오도의 절교도들은 창건역사라는 로봇을 부린다고 설정해놓기도 하였다.

요지금모

일명 서왕모(西王母). 옥산에 살고 있는 천계의 신이다. 실제는 사람 모습을 하고 있는데, 머리에 비녀를 꽂고 있지만 머리카락은 산발이며, 표범의 꼬리와 호랑이의 이빨을 가지고 있다.
그녀는 하늘의 재앙과 다섯 종류의 형벌을 다룬다. 서왕모는 이후 아름다운 인간의 모습으로 거듭난 뒤 곤륜의 주인인 여자 신선들을 통솔하는 신이 되었다.
훗날 주나라 목왕이 여덟 필의 말이 끄는 수레를 타고 곤륜에 다다랐을 때 서왕모의 현신은 이미 절세미녀의 형상을 하고 있었다. 그녀는 불사약을 가지고 있는데, 그 중 유명한 것이 『서유기』의 주인공 손오공이 훔쳐먹은 반도(蟠桃)이다.
하늘에 떠 있는 아홉 개의 해 중에서 여덟 개를 쏘아 떨어뜨렸다는 전설상의 명궁 예(羿)가 서왕모로부터 불사약을 얻었지만, 그의 처인 월궁의 항아(姮娥)가 훔쳐갔다고 한다.
『봉신전설』에서는 용길공주의 어머니로 나오며 남극선옹이 은교의 번천인을 제압하기 위해 요지금모(瑤池金母)에게 찾아가 소색운계기(素色雲界旗)를 빌려오는 장면이 나온다.

■ 역성혁명

역사의 왜곡은 승자의 권리였다

'역성혁명(易姓革命)' 이란 말은 고대 중국의 역사에서 비롯된 것이다. 이 말은 민중을 원동력으로 한 지배계급의 교체와 사회변혁을 의미한다. 그러므로 이 혁명은 근세의 절대왕정을 무너뜨리고 공화정을 쟁취해낸 프랑스 대혁명이나, 군인들이 권력을 잡기 위해 총칼을 동원하는 쿠데타와는 전혀 성격이 다르다.

역성혁명은 '성을 바꾸고 명령을 고친다', 즉 지배자의 씨족을 바꿈으로써 하늘의 명령을 바르게 고친다라는 뜻으로 풀이할 수 있다. 하지만 이런 고지식한 문자의 해석만으로는 그 뜻을 완전히 이해할 수 없다. 여기에는 고대 중국 민족의 복잡한 정치성향이 내재되어 있기 때문이다.

주왕은 당연히 폭군이어야 했다

고대 중국에서는 왕은 천제의 아들, 곧 천자(天子)로서 하계를 관장하는 대사제였다. 때문에 그의 권위에 도전할 수 있는 인물은 지상에 존재하지 않았다. 왕의 명령은 그것의 옳고 그름을 논할 수 없는 절대진리였던 것이다.

피조물들이 어떻게 조물주의 뜻을 의심할 수 있겠는가. 때문에 백성들의 행·불행, 생사여탈의 모든 것은 절대왕권의 휘하에 놓여 있었다. 그런데 이런 상황에서 어떻게 혁명이 가능할 수 있었을까.

답은 간단하다. 역사나 명분은 승자의 권한이었기 때문이다. 확고부동한 권위에 도전한다는 것은 예나 지금이나 생사가 걸린 문제이다. 실패하면 만고의 역신으로 남지만 성공하면 모든 영광은 승자의 몫이 된다.

때문에 혁명의 과정에 있었던 어떠한 잘못도 깨끗이 지워질 수 있다. 반면 패자는 지독한 오명을 감수해야만 한다. 은나라에 도전했던 주 왕조 역시 혁명에 성공하자 당연히 자신들의 정당성을 내외에 공표한다.

"성탕의 자손 주왕은 무도하여 하늘의 버림을 받았다. 그리하여 이미 하늘이 서토에 봉황을 출현시켜 주나라를 천자로 예비하였고, 오늘 우리가 천명을 달성했다."

여기에서 자연스럽게 등장하는 것이 한 나라의 명운, 즉 천수(天數)라는 표현이다. 하늘에서 정해준 은나라의 기간이 끝나고, 다시금 천수에 따라 주나라의 시대가 열렸다는 것이다. 『봉신전설』에서 새롭게 천명을 받은 주나라의 천수는 문왕이 강자아를 수레에 태우고 걸은 걸음걸이로 묘사된다.

왜곡된 역사도 흐른다

간단하게 정리해보자. 역사에는 수많은 왕조가 부침하였는 바, 한 나라의 내부에서 다른 씨족의 누군가가 총칼을 들고 권력을 쟁취해낸 뒤 나라의 이름이 바뀌면 곧 역성혁명이 되는 것이다.

우리나라에서도 이런 경우가 몇 차례 있었다. 가까이는 고려나 조선의 건국 역시 이러한 역성혁명의 결과가 아니겠는가. 그들은 어쩌면 은주역성혁명을 들어 자신들의 정당성을 공표했는지도 모르겠다.

그런데 패망한 나라의 마지막 군주는 언제나 폭군이고 학정을 저질렀다는 기록은 중국이나 우리나 똑같다. 악한을 쫓아낸 정의한의 모습이 혁명의 주체와 어울리기 때문일까.

아무튼 역성혁명의 희생자격인 은나라의 주왕과 하나라의 걸왕은 수천 년 동안 폭군의 대명사로 그려진다. 하지만 그 때문에라도 과연 그들이 실제로 그렇게 무도한 임금이었을까 하는 의문이 생겨나는 것이다.

어쨌든 승자에게는 왜곡조차도 자유롭지만 패자에게는 변명할 기회조차 없다. 그리하여 오랜 세월이 흐르고 나면 무엇이 정설인지조차 모호하게 된다. 역성혁명이란 이런 힘의 논리를 바탕으로 오늘날까지도 간교한 정치인들이 희망이 되고 있는지도 모른다.

오둔술(五遁術)

선인들은 이동할 때 토둔이나 수둔, 혹은 광둔을 이용한다. 이것은 영수가 없는 인물들의 필수 이동수단이다. 하늘과 땅, 물을 자유자재로 돌아다닐 수가 없다면 선인으로서 자격 미달인 것이다.

여기에서 '둔(遁)'이란 글자는 본래 '도망친다'라는 뜻을 담고 있다. 그러므로 토둔술이라 하면 흙의 힘을 빌려 도망치는 술법이 된다.

둔법의 도구는 주로 금목수화토(金木水火土)의 오행인데, 가장 빈번하게 사용되는 것이 토둔술이다. 한편 이 오행 외에도 대선들은 빛을 이용한 광둔을 사용한다. 빛은 무엇보다도 빠르기 때문이다.

곤륜 십이대선이 삼선고가 설치한 구곡황하진에서 도력을 잃었을 때 원시천존은 그들에게 이동수단인 종지금광법을 전수해주는데, 이것이 바로 광둔이다.

■ 고대의 전쟁

은나라와 주나라는 어떻게 싸웠을까?

『봉신전설』에서는 선계와 하계의 수많은 전투 장면들이 묘사된다. 여기에는 각종 무기와 병법, 암계 등이 등장하지만 스펙터클하지는 않다. 왜냐하면 당시의 병력이 과장해서 몇십만 명이라고 하지만 시대 상황으로 미루어 보아 실제로는 몇천 명, 많아야 몇만 명에 불과할 뿐더러 다양한 무기가 없었기 때문이다. 그러므로 은나라와 주나라 간의 전쟁은 평원에 양군이 대치한 뒤 활이나 전차, 창 등으로 맞붙는 다분히 원시적인 양상으로 전개되었을 것이다. 이런 싸움은 몇 달 몇 년을 끄는 소모전일 가능성이 높다.

본문에서 문태사가 북해 72제후의 반란을 평정하거나, 동해 평령왕의 반란을 수습하고 돌아오는 기간이 몇 년을 끌게 되는 것도 아마 이런 까닭이 아닐까 싶다.

(*여기에서 북해(北海)는 바다가 아니라 드넓은 바이칼 호 지역을 말하며, 동해는 황해(黃海) 유역을 일컫는다.)

주력은 전차였다

사료에 따르면 기원전 15세기경의 중국 군대는 주력이 전차였고, 그 뒤를 보병들이 창을 들고 뒤따르는 형태였다고 한다.

전차는 네 마리의 말이 옆으로 늘어서서 끌며, 세 명의 전사가 타는데 기동성이 탁월하였던 것으로 추측된다. 한 명은 기수로서 전차를 몰고, 나머지 둘은 전투요원으로 귀족이나 상급 평민의 신분이었다. 기수를 중심으로 오른쪽 전사는 과나 모 등 긴 창으로 싸웠으며, 왼쪽 전사는 활을 쏘았다. 전차의 재질은 나무였으며 말은 마갑을 입혀 적의 공격에 대비하였다.

이 승(乘)이라고 하는 전차는 그 뒤를 따르는 일정한 숫자의 병사들을 합쳐 고대 중국군 편제의 기본단위였다. 시대에 따라 그 편제는 약간씩 다르지만 대개 전차 1대에 100명의 병사들로 이루어져 있었다.

통상 천자를 일컬어 '만승지존(萬乘至尊)' 이라 하는 것은 만대의 전차에 백만의 병사를 거느리고 있는 막강한 신분임을 과시하기 위한 것이다.

이 당시까지만 해도 기병은 중시되지 않았다. 왜냐하면 중국의 말은 작을 뿐더러 등자(鐙子)가 발명되지 않았기 때문에 말 위에서 무기를 휘두르기가 난감했던 탓도 있다.

보병의 무기는 창과 칼

총이나 대포 등의 화기가 사용되기 이전에는 어느 시대 어느 지역에서나 군대는 밀집대형으로 긴 창을 들고 전진하는 원시적인 싸움을 하는 것이 일반적이었다.

당연히 병사들의 주무기는 창이었으며 상대적으로 길이가 짧은 칼이나 비수 등은 근접전이 벌어졌을 때 사용되는 보조무기에 불과했다.

은주 시대는 후기 청동기 시대였기 때문에 다양한 도검류의 등장은 시기상조였다. 오늘날 무협영화 등에서 볼 수 있는 도검류는 철기 시대에 접어들면서 발전한 것이다. 그러므로 『봉신전설』에 출현하는 공성무기를 비롯한 다양한 무기류들은 후세인들의 상상과 가필의 결과물일 것이다.

당시의 무기를 간단히 살펴보면 다음과 같다.

과(戈) 긴 나무 자루에 청동 날을 수직으로 부착한 병기로 전차전의 주무기였다. 길이는 짧은 것이 1m, 긴 것은 3m에 이른다. 전차전에서는 상대편 전차와 스칠 때 적을 찌르거나 걸어채어 베는 용도로 사용되었다.

모(矛) 긴 나무 자루 끝에 청동제 양날을 부착한 병기로 전차에 탄 군사는 물론 그 뒤를 따르는 보병들의 기본 무기였는데, 이것이 훗날 창(槍)의 원형이다.

부(斧) · 월(鉞) 이 두 가지 무기는 도끼를 말한다. 나무 자루에 폭이 넓고 두꺼운 날을 달았는데, 쪼개고 자르는 용도로 사용되었다. 은대에 널리 이용되었는데 주나라 때에는 의식의 상징으로 바뀌었다.

(*『봉신전설』에서 주왕이 장수들에게 서기 정벌의 징표로 하사하는 것이 백모와 황월인데, 즉 긴 창과 황금빛 도끼로 황명을 받든 정벌군의 위엄을 표현하였다고 볼 수 있다.)

극(戟) 과와 모를 합친 듯한 병기이다. 모처럼 자루 끝에 날을 달고, 과처럼 자루에 청동 날을 수직으로 부착하였다. 두 무기의 장점을 두루 취하려는 의도임을 알 수 있다. 알려진 극으로는 『삼국지』의 여포가 휘두르는 방천극(方天戟)을 들 수 있겠다.

수(殳) 나무로 만든 곤봉이다. 이것은 단순히 나무를 깎아 만든 무기이지만 뒤의 타격 부위에 금속을 보강하기도 하였다. 이는 갑옷 위를 타격하는데 유용하게 사용되었는데, 훗날 장(杖) · 곤(棍) · 봉(棒)이라는 무기로 발전되었다. 『봉신전설』의 토행손이 사용하는 빈철곤이 바로 이런 종류의 무기였을 것이다.

검(劍) 검은 잘 알다시피 양날이 있는 병기다. 당시에는 청동으로 만들어졌는데 찌르거나 자르는데 사용되었지만 야금기술에 한계가 있었으므로 30㎝ 남짓이 고작이었다. 검과 같은 모양의 비수는 혼전에 유용하게 사용되었다.

도(刀) 검과 반대로 한쪽에만 날이 있다. 용도는 검과 비슷하였다.

궁(弓) 화살을 쏘는 병기인데, 화살은 청동제였으며 활은 나무 또는 대나무였다.

진지 축성은 보편적이었다

정벌군이 성을 공략하기 위해서는 공성무기가 필요하다. 하지만 은주 시대에는 운제 등과 같은 공성무기가 발달하지 않았기에 대개 성 앞에 진지를 축성하고 장기전을 하였다.

그리하여 상대가 성문을 열고 나오면 중간의 벌판에서 예의 전투를 벌이곤 하였다. 때문에 수비측 장수들은 상대 진지의 원문 앞에 가서 도전한다든지, 공격측 장수들은 상대 성문 앞에 나아가 도전하는 형식의 싸움이었다. 특수한 진지 형태로는 추운 겨울에 임시로 성벽을 쌓고 그 위에 물을 뿌려 얼리는 빙성(氷城)이란 것도 있었다.

고대에도 병법이 있었다

역사적으로 제일 먼저 병법을 체계화한 사람은 태공망으로 알려져 있다. 그런데 중국인들은 그를 앙모하다 못해 전해지는 여타의 수많은 병서들을 그의 작품으로 둔갑시키기에까지 이른다.

진위야 어쨌든 오늘날의 시각으로 보아도 『육도』에서 태공망이 무왕에게 가르친 정치이론과 다양한 전략전술, 기계와 암계 등은 탄복을 금할 수 없을 만큼 뛰어나다.

한편, 『봉신전설』에 등장하는 칠종칠금진(七縱七擒陣) 같은 진법은 그 이름에서도 알 수 있듯 삼국 시대 촉나라의 제갈량이 남만의 왕 맹획을 일곱 번 사로잡았다가 일곱 번 놓아주었다는 고사에서 유래됐으리란 점은 쉽게 짐작할 수 있다.

풍화륜

신선의 이야기를 다룬 진나라 때 사람 갈홍의 『포박자』에는 이런 글이 담겨 있다.

『산해경』은 동주 시대의 책으로, 괴이한 귀신이라든가 이상한 물체들에 관한 기록이 있다. 여기에는 비차(飛車)라는 것이 있는데, 기계 제작에 능숙했던 기굉씨가 이 비차를 만들어 바람을 타고 공중을 날았다.
그는 이 비차를 가시나무의 심(心)으로 만들고 소의 혁띠를 칼의 손잡이 고리에 매달아 그것을 잡아당겨 비차의 발동을 걸었다. 탕 임금 시대에 이것을 예주 지역에서 얻었으나 부수어버리고 백성들에게 보이지 않았다.

이 기록을 『봉신전설』에서 영주의 화신 나타가 타고 다니는 풍화륜(風火輪)과 비교해볼 때 실로 상통하는 바가 큼을 알 수 있다. 이것이 마냥 허황된 공상의 세계만은 아니라는 얘기다. 거기에는 분명 인간에게 꿈과 염원이 있다면 반드시 결실이 이루어진다는 커다란 진리가 내포되어 있는 듯하다.

■ 삼두육비

삼두육비는 아수라의 형상이다

『봉신전설』에서는 막강한 도력을 지닌 흉악한 모습의 삼두육비(三頭六臂) 괴인들이 등장한다. 세 개의 머리에 여섯 개의 손으로 각종 보패들을 휘두르는 이들의 모습은 상상만 해도 모골이 송연해진다.

불청객 여악이나 태자 은교, 나선 등이 이런 본신을 가지고 강자아를 괴롭히는데, 훗날 천교의 선인 태을진인은 여화의 화혈신도에 고생한 제자 나타에게 그보다 더욱 흉칙한 삼두팔비의 형상을 만들어주기도 한다.

그렇다면 이 무서운 삼두육비는 무엇을 뜻하는가. 그것은 인도의 악신이며 전신인 아수라를 묘사한 것이다. 그만큼 강력한 위력을 지닌 존재라는 뜻이다.

아수라의 어원은 일반적으로 페르시아의 조로아스터교의 성전, 아베스타의 절대신 아후라 마즈다(Ahura-Mazda)의 아후라에 두고 있다. 산스크리스트어 중 호흡 또는 생명을 뜻하는 'asu'에서 파생되었다고 하기도 한다. 그러나 시간이 지남에 따라 sura라는 새로운 단어가 원래의 신이라는 의미를 갖게 되어 아수라는 'A-sura(非sura)'의 의미로 쓰여졌다.

이 아수라가 인도를 거쳐 중국으로 건너와 수라(修羅) 또는 아소라(阿素

羅), 아수륜(阿須倫)으로 불렸는데, 수미산(須彌山) 아래 거대한 바다 밑에 살며 수억만리나 되는 크기에다 수백억년을 사는 삼두육비의 악귀로 묘사되었다.

전설에 따르면 본디 그는 착한 신이었는데 후에 천군과 싸우면서 악신(惡神)이 되었으며, 싸우기를 좋아하므로 전신(戰神)으로 불리기도 하였다고 한다.

인도의 서사시 『마하바라타』에는 비슈누 신의 원반에 맞은 아수라들이 칼 · 곤봉 · 창으로 또다시 공격을 당해 피에 물든 시체가 산처럼 겹겹이 쌓여 있는 광경이 그려져 있다. 때문에 처참한 장면을 일컬어 우리는 아수라장(阿修羅場)이라 부르는 것이다.

아수라는 종종 정의의 상징인 하늘과 싸우는데, 이때 하늘이 이기면 풍요와 평화가, 아수라가 이기면 빈곤과 재앙이 온다고 한다.

물론 그 전쟁의 승패를 가르는 것은 하계의 인간들이다. 인간이 선행을 펼쳐 세상에 정의가 널리 행해지면 하늘의 힘이 강해져 승리하지만, 반대로 악행을 행하여 불의가 만연하면 아수라의 승리로 귀결된다는 것이다.

『주역』

『주역(周易)』은 8괘와 64괘 그리고 괘사 · 효사 · 십익으로 구성되어 있는데, 중국 주나라 때에 성립된 경전으로 문왕이 지은 것으로 알려져 있다.

8괘는 복희씨가 천문과 지리를 살피고 만물을 관찰하여 최초로 만들었다고 전하며, 8괘를 두 개씩 겹쳐서 만든 64괘는 괘사와 함께 문왕이 지었다고 하기도 하며, 효사는 문왕의 아들 주공단이 지었다고도 한다.

8괘 · 64괘 · 괘사 · 효사가 『주역』의 원형인데 여기에 십익(十翼)을 붙인 사람이 공자라고 한다. 십익은 '열 개의 날개' 라는 뜻으로 『주역』에 대한 해석과 이론을 찬양한 것이다.

『주역』의 기본원리는 음양으로 나누어지는 이원론에 있다. 음양이 있음으로써 밤낮이 생기고 1년의 사계절이 끊임없이 바뀐다는 것이다.

『주역』의 근본적인 철학은 모든 것이 결말에 이르면 변화가 생기고, 변화가 생기면 새로운 국면이 전개된다는 데에 있다. 때문에 '주역' 은 인간의 모든 길흉화복은 하나도 빠짐이 없이 64괘의 어느 한 상태에 해당된다고 말한다.

『주역』은 원래 점술서로 출발되었으나 공자의 십익이 첨부된 이래 철학이나 수양서로 읽히게 되었다. 그 때문에 이 책은 몇천 년 동안 유교 경전의 으뜸으로 취급되어왔다.

■ 역법

복희씨는 창안자, 문왕은 집대성자

서울의 탑골공원 주변에는 흰 장막이 줄을 지어 늘어서 있다. 그 안에는 누가 있을까. 물론 사주팔자와 길흉화복을 점치는 역술가들이다.

그들은 『주역』이나 『토정비결』·『당사주』·『마의상법』 등 다양한 서책을 바탕으로 사람들의 미래를 예시해주곤 한다. 그 모든 예지법의 기본 바탕이 되는 것은 무엇인가? 바로 '역(易)'이다.

역은 음양설로부터 출발하였다. 밝음과 어두움, 육지와 바다, 남자와 여자, 선과 악 등이다. 음양설에서는 모든 사물과 사건을 음양(陰陽)의 이원론으로 판단한다. 혼돈의 우주가 태극의 모양으로 분리되면서 천지가 생겨났다는 창세기 전설 역시 이것을 기초로 태어났다.

이 음양이 서로 어울리니 변화는 더욱 심하여져서 양기인 여름〔夏〕과 음기인 겨울〔冬〕이 움직이는 도중에 음양이 서로 화합하여 봄〔春〕과 가을〔秋〕을 생성한다. 둘이 조합됨으로써 4개의 사물이 나타나는 것이다.

더욱이 이 사상에 음양이 관계함으로써 사물에 8개의 상(相)이 생성된다. 여기에서 '상'이란 인간에게 비춰지는 세상 만물의 모습을 가리킨다. 그것은 예컨대 천지 그 자체이며 물과 불이고, 산과 하천이고, 바람과 천둥이다. 이것들을 팔괘(八卦)라고 부른다.

이 팔괘는 세계에 존재하는 모든 상징이며 역의 기본이다. 선인이나 도사들은 대개 팔괘에 정통하여 과거와 미래의 징조를 감지할 수 있다고 한다.

『봉신전설』에서 통천교주가 설치한 태극진 · 양의진 · 사상진이 이렇듯 음양의 변화를 기초로 만들어진 것이다. 때문에 태극진은 반고번이라는 상위 개념의 변화로 와해시키고, 양의진은 역시 태극도로써 제압할 수 있었던 것이다.

팔괘를 최초로 창안한 이는 복희씨로 알려져 있다. 복희씨는 황하에서 얻은 용마(龍馬)의 그림, 즉 머리는 용, 몸은 말인 짐승의 등에 나타난 무늬(55개의 점)를 보고 하도(河圖)를 만들었는데, 이 천지창조의 설계도를 기초로 하여 역의 팔괘를 만들었다고 한다.

그런데 이 팔괘는 불변하는 것이 아니라 항상 서로 순환하고 변화한다고 한다. 때문에 그 복잡다단한 변화를 읽어내는 것은 순전히 도력의 차이라고 하였다. 창안자인 복희씨조차 인간사의 흥망을 6할 정도밖에 맞추지 못하였다고 전해지니 앞날을 점친다는 것은 도를 통해야 가능한 일이라는 것이다.

그 후 역술의 대가인 주나라의 문왕이 이 이치를 궁구하여 단사(彖辭)라는 해설문을 붙이기에 이를 『주역』이라 하여 후세에까지 널리 알려지게 되었다. 일설에는 이 『주역』조차 주공단의 작품이라 하기도 한다.

혼백

고전적인 인식에 따르면, 인간은 태중에서 혼(魂)과 백(魄)이 성장하는데, 고고성을 울리는 순간 혼백(魂魄)과 영(靈)이 만남으로써 한 생명체가 이루어진다고 한다. 인간은 영육(靈肉)의 복합체로 육신에는 음양의 기가 공존하는데 곧 이를 혼백이라 한다. 그리고 영은 의식 · 사고로서 마음의 안식처이며, 혼백은 무의식과 잠재의식으로 영의 집이라고 할 수 있다.

사람에게는 아홉 개의 영이 있는데, 세 개의 영이 한 개의 조로 구성되어 천지인(天地人) 삼재의 이치에 부응한다. 영은 혼백에 부응하여 존재하는데, 한 개의 영이 129,600개의 혼을 거느린다. 이 숫자는 지구가 우주를 순환하는 주기에서 생기는 혼원수라고 한다. 이에 혼은 다시 백을 한 개당 129,600개씩 거느린다.

영은 육신의 마음대로 규제할 수 없지만 반대로 영은 육신을 지배할 수 있다. 영이 육신을 떠나면 혼백은 모태의 상태로 돌아가므로 자신을 의식할 수가 없다.

『옥추경』에 의하면 "영과 혼백은 태어나기 전에 떠돌다가 한데 모여 일심을 이루고, 죽으면 다시 흩어진다"고 한다.

보패가 선인의 도력을 증명한다?

도교의 원리에 따르면 선인이란 정신적인 수련을 거듭하여 인간의 육체적인 한계를 초월한 존재를 말한다.

물론 생사를 초월하는 방법은 불교를 비롯한 여타 종교에도 많이 있다. 하지만 도교가 그들과 다른 점은 무(無)라는 관점의 말살이 아니라 영생이라는 것이다. 그것은 혼백을 가진 육신이 윤회의 수레바퀴를 벗어날 수 없다는 한계를 뛰어넘고자 하는 지극한 바람을 기초로 한다. 하지만 선인도 본체는 인간인지라 타고난 성정을 쉽게 벗어내기란 힘들다.

『봉신전설』만을 두고 본다면 그들은 운명처럼 살겁(殺劫)이란 것을 가지고 있고, 그것을 해소하지 못하면 도력을 잃거나 원시천존, 태상노군과 같은 대선의 경지에 다다를 수 없다. 그 주기는 천오백 년, 이러한 설정이 있었기에 『봉신전설』이라는 이야기가 가능할 수 있었던 것이다.

자신의 보패 때문에 허둥지둥하는 광성자

보패(寶貝)란 바로 자신들에게 주어진 살겁을 깨기 위해 선인들이 오랜 기간 동안 준비한 살인무기이다. 이것은 선인 각자의 지향하는 방향에 따라 다양한 모양과 위력을 지닌다. 때문에 그 형태는 창이나 칼 등 일반 무기에 도력을 주입한 것도 있고, 단순한 옷이나 지팡이, 표주박 등일 수도 있다.

이 보패에는 오랜 세월 동안, 적어도 천년 이상의 도력이 담겨야만 한다. 그래야 그것이 마음먹은 대로 쓰여진다. 칠수장군 여화가 나타를 죽이기 위해 스승인 여원을 부추겨 화혈신도라는 극맹의 보패를 얻지만 그 제작 기간이 몇 년에 불과한지라 뜻한 바를 이루지 못하고 봉신되는 것은 바로 이런 이유에서이다.

보패를 제작하는 과정은 선인들끼리도 비밀에 부쳐져 다른 선인의 보패에 대해서는 그 누구도 제대로 알 수가 없고, 파해법도 베일에 싸여 있다.

예를 들어 광성자의 보패인 번천인은 그 위력이 초극강이어서 다른 선인들의 보패로는 도저히 감당할 수가 없다. 때문에 스승을 배신한 은교가 그 번천인으로 서기군을 막아서자 곤륜의 선인들은 허둥지둥할 뿐이었다.

보패의 제작자인 광성자조차도 어쩔 수 없는 지경이라, 그는 결국 천계와 서방을 이리저리 뛰어다닌 끝에 사대보기를 얻어와서야 사태를 종식시킬 수 있었다.

살겁은 선인의 운명?

이렇듯 보패는 남의 것이라도 일정한 도력을 지닌 선인이라면 사용할 수 있지만 최적의 성능은 보장하지 못한다.

오관을 돌파하던 황비호를 죽음 일보 직전으로 몰아넣었던 진동의 화룡표는 제대로 수업을 받은 황천화의 소유가 되면서 놀라운 위력을 발휘하게 되는 것도 이와 같은 이유에서이다.

아무튼 무위를 지향하는 선인들이 자신들의 목적을 위해 살륙을 해야 한다는 것은 도교의 고상한 모습과는 좀 거리가 있어 보인다. 이런 까닭에 도교의 교조인 태상노군의 입장이 소설 속에서 좀 난처한 듯이 보인다.

이런 선인들의 입장을 변명이라도 하려는 듯 방어전문 보패를 만드는 오이산의 산인 소승과 조보, 교곤 같은 인물들을 등장시키지만 이들 역시 천상천하에 몰아닥친 무지막지한 살겁의 회오리에서 벗어나지는 못한다.

적의 보패와 동귀어진도 불사한 통천교주

보패에는 제작한 선인의 도력이 주입되어 있으므로 그 보패가 파괴된다는 것은 선인의 도력도 그만큼 상실된다는 것을 의미한다.

『봉신전설』에서 절교의 교주인 통천교주의 그 도력은 어떤 면에서는 가장 창의적이며 막강하다고 볼 수 있다. 또한 그의 제자들 역시 세력으로 보면 천교를 휩쓸고도 남음이 있다. 그러나 그들의 본신은 인간이 아니었기에 일면 순진하기 그지없다.

아무튼 통천교주가 이끄는 절교측이 천교측의 계략을 알아채고 주선진, 만선진으로 동벌군의 앞길을 막아서자 원시천존은 현도에 은거하고 있던 태상노군을 끌어들이고 봉신계획에 합의했던 서방의 도인들을 불러들여 대적한다.

이와 같은 장면은 통천교주의 지극한 도력을 증명하는 것이지만 패배는 이미 예정된 것, 이에 분개한 통천교주는 영진포일술이라는 선도 최고의 술법을 사용하여 자신을 압박하던 현도의 정해주, 옥허궁의 삼보여의주와 함께 무(無)로 돌아가려 한다.

이것이 성공하면 원시천존의 도력은 물론 태상노군의 지극한 도력까지도 치명타를 입을 것이었다. 그 결과는 선계의 와해이니 하계 또한 온전치 못할 것이며 새로이 창설하려던 신계도 미궁으로 빠지고 말 것이었다. 그것은 곧 천상천하의 엄청난 혼돈의 시작을 의미한다.

보패와의 동반자살, 이 절체절명의 사태에 모든 선인들은 망연자실하지만 이미 저지하기에는 늦어버렸다. 그때 태초의 혼돈이며 절대무(絶對無)로 일컬어지는 태상노군과 원시천존, 통천교주의 스승 홍균도인이 나타나 그것을 무력화시킴으로써 사태는 해결된다.

홍균도인은 동귀어진(同歸於塵)하려는 통천교주와 절교측 도인들을 무시하고 핍박한 원시천존을 꾸짖고, 끝까지 중심을 잊지 않으려 했던 태상노군을 치하한다. 또한 이와 같은 일로 인하여 바야흐로 서방의 불교가 중원에 도래할 것임을 예언하면서 서방의 도인들을 격려하고 돌아간다.

그 찬란한 영광의 뒤끝

이렇듯 선인과 보패는 실로 불가분의 관계로 묘사된다. 번천인 · 음양경 · 풍화륜 · 자수선의 · 건곤척 · 행황기 · 금편 · 타신편 · 영롱탑 · 금하관 · 정해주……. 이 수많은 보패의 이름과 위력은 『봉신전설』의 전편을 뒤덮는다.

그리하여 다시 몇천 년, 홍균도인의 예언대로 동방에는 불교가 번성하였지만 자연환경은 회복할 수 없을 정도로 파괴되고 말았다.

또한 그 옛날 선인들이 휘둘렀던 그 화려한 보패들은 무수한 전쟁을 거치면서 화생방 병기 · 패트리어트 미사일 · 벌컨포 · 방탄복 · 레이더 등의 최첨단 무기로 변신하였고, 그들이 타고 다니던 영수들의 자취는 지프나 탱크 · U-보트 · 수호이 · 아파치 등의 이름으로 천지사방을 주유하며 인간들의 운명을 위협하고 있다.

태극

태극(太極)은 존재와 가치의 근원이 되는 궁극적 실체, 또는 상호 대립적인 개념이 생겨나기 이전의 원융상태를 표상한다.
'태극' 이라는 용어는 이미 『주역』에 등장하지만 중국에서 태극 문양이 처음 보이기는 송나라 때의 학자 주돈이가 지은 『태극도설』부터이다.
그 연대는 11세기 이상으로 올라가지 못하는데, 우리나라에서는 7세기 초반에 건립된 경주 감은사지의 석각에 태극 도형이 나타나고 있다. 이것으로 보아 우리나라가 중국보다 먼저 태극 사상을 이해하고 그것을 활용해왔음을 알 수 있다.

팔보

도교에서 말하는 팔보(八寶)는 진주 · 능형(菱形) · 경(磬) · 물소뿔 · 엽전 · 서물(瑞物) · 파초잎 · 거울을 말한다.
여기에서 진주는 정결한 여성미, 능형은 대자연의 승리를 상징하며, 경(磬)은 경사와 상통하여 즐거움과 기쁨, 물소뿔은 행복, 엽전은 마귀를 제압하고, 서물은 상서로운 징조, 나뭇잎은 농촌의 부와 길상(吉相)을 표시하며, 거울은 그 빛으로 악마를 물리쳐 흩어지게 한다는 의미를 지니고 있다.
불교에서도 마찬가지로 팔보가 있는데, 곧 법륜(法輪) · 소라 · 보산(寶傘) · 백개(白蓋) · 연화(蓮花) · 보병(寶甁) · 금어(金魚) · 반장(盤長)을 말한다.
도교의 팔보와 불교의 팔보는 그 기원과 발달이 서로 다른 것으로 알려져 있지만 일반인들은 그런 내용을 일별하지 않는다. 어쩌면 큰 도(道)는 하나이기 때문이 아닐까.

■ 기자조선의 건국신화설

은나라의 기자는 과연 기자조선의 주인공일까?

중국의 춘추 시대 역사가 사마천의 『사기』에 '맥수지탄(麥秀之歎)' 이란 말이 나온다. 그것은 보리이삭만이 사방에 무성함을 탄식하는 것으로, 곧 나라의 멸망을 한탄한다는 뜻이다. 여기에서 기자의 고사가 전해진다.

주왕이 혼음과 폭정을 일삼자 당시 은나라에는 이의 부당함을 간한 세 사람의 황족이 있었으니 바로 미자 · 기자 · 비간이 그들이다.

미자는 주왕의 형으로서 왕의 실정을 누차 간했으나 듣지 않자 궁을 떠나 산속에 은거하였고, 기자는 궁노로까지 전락했다가 미자의 뒤를 따랐다. 하지만 비간은 끝까지 주왕을 각성시키려다 미움을 받아 심장을 파내는 혹형을 받고 숨진다.

하지만 역성혁명을 통해 폭군 주왕을 치고 새 나라를 연 무왕은 미자를 송왕으로 봉하고 망국 은나라의 제사를 맡겼으며 기자 역시 측근에 두었다. 무왕의 부름을 받고 망명지에서 주나라의 도읍으로 가던 도중 기자가 은나라의 옛 도읍지를 지나는데 그곳에는 번성하던 은의 옛 모습은 온데간데없이 보리와 기장만이 무성해 있으므로 비감한 심정을 다음과 같은 시로 읊었다고 한다.

麥秀漸漸兮(맥수점점혜)

禾黍油油兮(화서유유혜)

彼狡童兮(피교동혜)

不與我好兮(불여아호혜)

보리이삭은 무럭무럭 자라나고

벼와 기장도 윤기가 흐르네

아아, 교활한 저 철부지가

어찌 내 말을 듣지 않았던가!

이와 같은 한탄의 시를 읊은 기자가 조선 땅에 들어와 왕으로 군림하면서 팔조금법을 폈다는 기자동래설이 한동안 큰 세력을 떨쳤다. 이와 같은 이론의 근거로 여러 가지 기록들이 전하고 있다.

『상서대전』에는 "무왕이 은나라를 멸망시킨 다음 감옥에 갇힌 기자를 석방하자, 그가 조선으로 달아났다. 무왕이 이 소식을 듣고 조선 왕으로 봉하였는데, 책봉을 받은 기자는 부득이 신하의 예를 차려야 하였기에 어쩔 수 없이 주나라에 가서 무왕을 만났다. 이때 무왕이 그에게 홍범구주(洪範九疇)에 대해서 물었다"고 한다.

또, 『사기』의 송미자세가에는 "무왕이 은을 멸망시킨 뒤 기자를 찾아가 백성을 편안하게 하는 방도를 묻자 기자가 홍범구주를 지어 바쳤다. 이에 무왕이 그를 조선 왕으로 봉했지만 기자는 신하로서의 예를 갖추지 않았다"고 한다.

이와 같은 기록 때문에 우리나라 고려와 조선 시대에는 기자조선의 실체를 인정하였지만, 최근에는 문헌상으로 기자가 실제로 조선에 와서 왕이 되었다는 것을 입증하기 어렵다는 이유로 인정하지 않고 있다.

기자는 기원전 1100년 전후의 인물인데, 기원전 3세기 이전에 쓰여진 『논어』나 『죽서기년』 등의 책에는 기자의 존재 자체만 언급하고 있을 뿐 동래 사실은 기록되어 있지 않다. 특히 기자의 동래 사실을 전하는 사서들은 한결같이 모두 기원전 3세기 이후의 기록이기 때문에 조작의 가능성이 농후하다는 말이다.

실제로 기자가 조선을 지배했다면, 황하 유역과 만주, 한반도 지역의 청동기 문화가 긴밀하게 관련되어 있어야 함에도, 동북아시아의 청동기 문화는 비파형 동검문화이므로 황하 유역의 그것과는 판이하다. 또한 당시 은나라에서 쓰인 갑골문은 고조선 지역에선 발견된 전례가 없다는 것이다.

이 같은 이유로 최근 학계에서는 기자조선이란 명칭이 후대에 중국의 성인을 자기의 조상이라 칭함으로써 가문을 드러내기 위한 조작이거나 사대사상에서 비롯된 것으로 규정하고 있다.

어쨌든 우리나라에서는 고려 숙종 때 평양에 기자릉을 세웠고, 경향 각지에도 기자묘가 세워져 기자를 앙모했던 것만은 분명한 사실이다.

■ 백이 · 숙제

하늘은 과연 공평무사한가?

한 왕조가 멸망하면 반드시 절개를 지킨 충신의 이름이 오르내린다. 은나라의 최후에는 백이(伯夷)와 숙제(叔齊)라는 인물이 빛을 발하였다.

『사기』에 의하면 백이와 숙제는 고죽국이라는 소제후국의 공자였다. 부친은 셋째인 숙제를 후계자로 삼고 싶어했다. 하지만 후왕이 결정되기 전 부친이 사망하자 백이와 숙제는 후계자 다툼을 벌인다. 그런데 기이하게도 그들의 다툼은 서로 자리를 양보하려는 싸움이었다.

형인 백이는 부친의 유지에 따르라고 주장하고, 숙제는 장자가 부친의 뒤를 잇는 것이 정도라고 고집하였다. 결국 두 사람은 서로 양보하여 함께 나라를 떠난다. 이로 인해 고죽국의 후계자는 둘째아들이 되었다.

이후 두 사람은 은나라의 중신으로 등장한다. 이때 주왕은 달기에게 미혹되어 황음무도한 나날을 보내었으며, 수많은 충신들이 목숨을 빼앗겼다.

이에 실망한 백이와 숙제는 벼슬을 버리고 서백후 희창이 다스리는 서기 땅으로 피신한다. 하지만 서기에 도달해보니 이미 희창은 사망하고 아들 희발이 무왕을 칭하며 역성혁명을 감행하려는 것이 아닌가. 이에 백이와 숙제는 무왕의 수레를 잡고 이렇게 만류한다.

"자식으로서 부친을 장사 지내지 않고, 더구나 싸움을 일으키는 것이 효

(孝)라고 말할 수 있는가. 신하로서 군주에게 병사를 돌리고 그를 죽이려는 것이 의(義)라고 할 수 있는가."

이에 무왕의 신하들이 그들을 죽이려 하였지만 강자아는 현자로 알려진 그들을 죽인다면 민심이 돌아설까 염려하여 그들을 살려보낸다.

그 후 주나라가 역성혁명에 성공하여 천하의 패권을 장악하자 백이와 숙제는 탄식하며 수양산으로 들어가 산나물을 캐어 먹으며 살아가다 굶어죽고 만다.

이런 까닭에 훗날 공자는 그들을 진정한 의인으로 받들었으며, 사마천은 이렇게 탄식하였다.

"절개를 지킨 백이와 숙제는 굶어죽었는데, 도척과 같은 큰 도적은 천수를 다 누리는구나. 아아! 과연 하늘은 진정 공평무사한가?"

■ 여러 가지 이름

유명 · 휘 · 자 · 호 · 시호

예로부터 성씨(姓氏)는 혈연을 가진 일족의 기본 증명이었다. 고대에 성은 본래 귀족집단의 지위와 권리를 나타내기 위해 쓰였고 하층계급에는 성이 존재하지 않았다. 성씨는 나라에 큰 공을 세워 왕으로부터 하사받기도 하고, 가문에서 분가하면서 새로운 성을 만들기도 하였다.

한 집안에 아이가 태어나면 '유명(幼名)', 즉 아명을 지어주었다. 이것은 유아의 죽음이 많았기 때문으로 추측된다. 그 뒤에 유아기를 넘어서면 휘(諱)라는 이름을 받게 되는데, 여성에게는 주어지지 않았다. 이와 동시에 자(字)라는 또 다른 이름을 받았다.

왜 두 가지 이름이 필요했을까. 그것은 용도에 따른 다른 이름이 필요했기 때문이다. 휘(諱)는 본래 자신의 이름이요, 자(字)는 다른 사람이 부를 이름이다.

고대에 이름은 곧 그 사람의 생명과 동일시되었다. 주술이 일반화되었던 그 시대에 흑심을 품고 상대를 죽이려 해도 본래 이름을 알지 못하면 불가능했다. 휘(諱)를 안다면? 물론 죽음이다. 이것을 일컬어 언령신앙(言靈信仰)이라고 한다. 이 때문에 고대에는 지닐 이름과 불릴 이름의 구분이 필요불가결했던 것이다.

『봉신전설』에서도 이런 언령신앙의 자취가 분명하게 드러난다. 일성구군 중의 한 사람인 요천군이 자신의 부진인 낙혼진에서 제웅의 몸에 강자아의 이름을 써놓고 혼백을 유린하는 장면이 바로 그것이다.

그 뒤 막강한 조공명의 도력을 이기지 못한 강자아가 육압도인이 전해준 '정두칠전서(釘頭七箭書)' 란 주술 목간으로 그를 봉신시키는 데 성공한다. 이는 주술로써 악령을 물리칠 수 있다는 고대인들의 심리가 그대로 표출된 장면이 아닐 수 없다.

어쨌든 이런 언령신앙은 시대가 흐르면서 희미해졌지만 상대의 본명을 부르는 것이 결례라는 의식은 오랫동안 계속되었다. 때문에 손윗사람이나 대등한 상대에게는 자(字)를 부르고, 손아랫사람에게는 휘를 부르는 것이 보편적이었다. 한편, 황제나 왕의 휘로 사용되는 글자는 전국적으로 사용이 금지될 정도로 엄격하였다.

이와 같은 자, 휘와는 달리 호(號)는 자의적으로 지을 수 있고, 또 서로들 자유롭게 사용하였다. 우리나라로 치면 유학자 이이, 이황을 율곡이나 퇴계로 편히 부르는 것과 같다. 선인들이 쓰는 호는 도호(道號)이다.

이와 비슷하지만 전혀 다른 것이 시호(諡號)이다. 이것은 왕이나 제후, 관리들이 죽은 뒤 생전의 공로를 평가하여 붙여주는 이름이다.

그러므로 오늘날 우리가 알고 있는 모든 왕들의 이름, 예를 들어 세종이나 태종 · 영조 · 고종 등의 왕명이나 충무공 · 충렬공 등의 시호는 그 당사자로서는 생전에 한 번도 들어본 적이 없는 것이다.

아무튼 『봉신전설』에서 주왕의 성은 은(殷)씨이고 이름은 수(受), 아명은 계자(季子)이다. 그렇다면 다른 사람의 그것들은 무엇일까. 대표적으로 강자아와 태상노군의 예를 들어보자.

주인공 강자아의 성은 여(呂)이고 휘는 상(尙)이다. 강(姜)이라는 것은 본가의 성이다. 자는 자아(子牙)이고, 호는 비웅(飛雄)이다. 훗날 태공망(太公望)이란 호는 문왕에게서 하사받았다.

노자의 성은 이(李)이고 휘는 이(耳)다. 자는 백양(伯陽)이며, 담(聃)이란 시호를 받았기 때문에 노담(老聃)으로 불려지기도 한다. 태상노군(太上老君) 혹은 도덕천존(道德天尊)은 그의 도호이다.

2부

『봉신전설』의 주역

姜子牙 | 선계 · 천교 | 하계 · 주나라

강자아

실재한 인물 강자아

강자아는 실재한 인물로, 그의 선조는 하나라의 시조인 우와 함께 황하를 다스리는 데 큰 공을 세워 여씨란 성을 하사받았다고 한다. 하지만 후대에 가문이 쇠락하자 강자아는 뛰어난 학문을 지녔음에도 관직에 오르지 못하고 방황하였다.

그의 운명은 인생의 황혼기라 할 수 있는 노년에 영광스럽게 펼쳐진다. 반계에서 세상을 낚고 있던 그가 마침내 문왕과 조우하여 자신의 천하경영의 대계를 드러내면서부터이다. 이에 감복한 문왕은 그를 군사(軍師)로 삼아 역성혁명의 발판을 마련하기에 이른다.

서기의 승상이 된 그는 주나라의 내정을 확립하고 군제를 정비하여 동벌의 기초를 튼튼히 다진다. 문왕 사후에는 무왕에게 역성혁명의 명분을 일깨워준 다음 동진을 개시, 목야에서 은나라의 대군을 물리치고 수도인 조가를 함락시키는 데 주도적인 역할을 하였다.

도사 강자아

『봉신전설』의 주인공 강자아는 인간의 능력에다 도사라는 능력이 부가된다. 그는 하계의 전쟁에서는 자신의 병법을 마음껏 발휘하고, 선인들의 싸움이 벌어지면 스승인 원시천존이 가르쳐준 도술로 맹활약을 펼친다.

그렇지만 그에게는 근본적으로 선골이 없었기 때문에 선인들과의 싸움에서는 별로 우위를 확보하지 못한다. 다만 원시천존의 보패인 타신편과 행황기, 사불상을 얼마나 효과적으로 운용하느냐에 따라 간혹 승리했을 뿐 패하는 경우가 더 잦았다.

그는 지휘관이지 전사는 아니었으므로 이런 전투의 승패는 별로 중요한 게 아니었다. 그는 자신을 따르는 양전이나 나타, 위호 등 문하들이 효과적으로 싸울 수 있는 전략을 수립하는 것이 더 중요했다. 실로 강자아는 상대방의 전투력, 지휘관의 성격과 능력을 판단한 다음 아군의 대응을 결정하는 탁월한 능력이 있었다.

정치가로서의 활약상도 대단했다. 그는 예의와 명분을 내세우는 문왕이나 무왕의 망설이는 마음을 다잡아주고, 결정적일 때 주왕의 도덕성에 의문을 던져 혁명의 정당성을 확보하기도 하였다.

하지만 그 역시 근본적으로는 인간인지라 선계의 분란이 하계에 엄청난 재난이 될 것을 걱정하였고, 그 분란을 제지하려 동분서주하는 신공표의 견해에 동의하고 있었다. 그러나 결과가 정해진 것이라면 과정은 되도록이면 신속하게, 빨리 끝내려는 단호함이 그에게는 있었다.

한 가지 재미있는 것은 사료에 전하지 않는 여인 마씨를 강자아의 부인으로 설정하고, 반계에 은둔하기까지 강자아가 그녀로 인하여 모진 정신적, 육체적 고난을 겪는다는 설정이다. 이는 악처로 알려진 소크라테스의 부인 크산티페를 연상케 하는 대목이 아닐 수 없다.

■ 영수/사불상

사불상(四不象)은 본래 원시천존의 탈것이었는데, 강자아가 구룡도의 사성에게 패배한 뒤 옥허궁에 구원을 요청한 뒤 타신편과 함께 얻은 영수이다. 그 형상은 기린의 머리에 꼬리는 치(豸)와 같은 일각수(一角獸)이며, 몸체는 용과 비슷하다고 하였다.

■ 보패/타신편

타신편(打神鞭)은 길이가 3자 6치 5푼이고, 마디가 21개로 나뉘어 있는데, 각 마디마다 봉인이 찍혀 있다. 이 채찍은 '신을 친다'는 명칭에 걸맞게 봉신방에 이름이 올라 있는 상대에게 커다란 타격을 입힐 수 있다.

■ 보패/행황무사기

일명 행황기(杏黃旗)로 불리는 이 보패는 옥허궁의 보물이다. 평소에는 작은 깃발이지만 땅에 꽂으면 커다랗게 변형되어 주인이 아니면 어떤 방법으로도 뽑아낼 수 없다. 도력이 주입되면 수천 수만의 연꽃 송이가 폭사되어 주인을 보호해준다.

방어를 주임무로 하며 사악한 기운을 분쇄시키는 힘이 있다. 강자아는 이 보패로 용수호를 제압하고 삼선고의 혼원금두로부터 살아남았으며, 십절진과 은교의 번천인으로부터 무사할 수 있었다.

哪吒 | 선계 · 천교

나타

영주의 환생

나타는 본래 인간이 아니라 태을진인의 도력으로 1천 5백년 동안 단련된 하나의 구슬이었다. 이 영주(靈珠)는 애초부터 봉신계획의 대사제인 강자아를 돕기 위해 장수로 환생될 준비를 갖추고 있었다.

그 첫 번째 시도는 진당관의 총병 이정의 아내 은씨의 자궁 안에서 아이로 태어나는 과정이었다. 이때 영주의 주인이었던 태을진인은 그에게 나타라는 이름을 지어주고 보패인 건곤권과 혼천릉이라는 보패를 선물한다.

그런데 성장한 나타는 더운 여름날 구만하에 놀러갔다가 이 두 가지 보패로 동해용궁의 야차와 용왕의 아들 오병을 죽이는 실수를 저지른다. 사건은 일파만파로 커져서 이 일을 천궁에 하소연하러 가던 용왕 오광을 폭행하고 진당관으로 끌고 오는 만행까지 저지른다.

부모의 질책에 기분이 처량해진 나타는 성루에 있던 신물 건곤궁과 진천전을 재미삼아 쏘았다가 절교의 선인 석기낭랑의 제자를 죽이게 된다. 대노한 석기낭랑이 이정을 잡아다 추궁해보니 결국 나타의 소행임이 밝혀진다. 하지만 나타는 반성하지 않고 석기낭랑에 대항하다가 패하고 스승인 태을진인에게 구원을 요청한다. 이에 태을진인은 나타를 비호하며 석기낭랑과 싸워 결국 구룡신화조를 사용하여 그녀를 태워 죽이고 만다.

이 틈에 천제의 허락을 받은 사대용왕이 진당관에 들어와 이정과 은씨를 데려가려 하자, 나타는 더 이상 어쩌지 못하고 자결로써 부모를 구한다.

연꽃의 화신 나타

애초 계획했던 영주의 육신이 깨어지자 태을진인은 나타의 혼백에게 명하여 모친의 꿈에 나타나 사당을 한 채 짓도록 한다. 거기에 모신 신상에서 향을 받아 새로운 육신을 형성시키려는 의도였다. 하지만 생전에 나타의 만행으로 마음고생을 많이 했던 아버지 이정이 분개하여 그 사당을 불태워버린다. 이제 더 이상의 방법이 없음을 알게 된 태을진인은 미숙하나마 연꽃으로 육신을 만들어 나타의 혼백을 집어넣어 준다.

첫 번째나 두 번째의 계획대로라면 나타는 인성을 갖춘 온전한 사람이 되었을 것이지만, 인성이 결여된 나타는 덩치만 큰 미숙아였다. 때문에 태을진인은 이정에게 복수하려는 나타의 행동을 제어하지 않고 그대로 놓아둔 뒤 문주광법천존과 연등도인의 도움을 받아 그를 따끔하게 훈계한다. 그 뒤 나타는 건원산 금광동에서 때를 기다리며 수련으로 세월을 보낸다.

이렇듯 나타는 연꽃의 화신이라 혼백이 없었으므로 하산하여 강자아를 도와 싸울 때 혼에 영향을 미치는 절교측의 비술이나 보패에는 전혀 타격을 받지 않았다. 하지만 다른 보패, 예를 들면 문중의 금편이나 여화의 화혈신도 등에는 심한 상처를 입었다. 훗날 이를 걱정한 스승 태을진인은 그를 삼두팔비(三頭八臂)의 형상으로 변화시켜준다.

나타는 『봉신전설』의 막이 내린 뒤에는 『서유기』에도 출연하여 손오공과 일전을 벌이기도 한다.

■ 보패/풍화륜(風火輪)

바람과 불을 일으키면서 비행하는 한 쌍의 수레바퀴로 나타의 주요 이동수단이다.

■ 보패/건곤권(乾坤圈)

권(圈)이란 칼날이 달린 바퀴 모양의 무기이다. 손잡이를 쥐고 격투에 사용하기도 하고 상대를 향해 던지기도 하는데, 후지사키 류의 만화에는 팔찌 모양으로 그려졌다.

■ 보패/금전(金磚)

전(磚)이란 펼친 기와라는 의미이지만, 『봉신전설』에서는 상대에게 집어던져 호신강기를 파괴하고 타격을 입힐 수 있는 작은 벽돌 모양으로 그려진다.

■ 보패/구룡신화조(九龍神火罩)

태을진인의 최강의 보패. 조(罩)란 바구니〔籠〕로, 상대를 그 안에 포획할 수 있다. 주문을 외우면 바구니 속에서 아홉 마리의 화룡이 생겨 상대를 태워 죽이는 위력이 있다.

■ 보패/음양검(陰陽劍)

이 검의 효력은 어디에도 나오지 않는다. 다만 삼두팔비가 된 나타의 방어용 무기로 짐작될 뿐이다.

■ 보패/혼천릉(混天綾)

나타가 평소 허리에 두르고 있는 7척 길이의 비단 띠로 물 속에서 흔들면 수중에 붉은빛이 가득 차고 천지를 동요시킬 수 있다. 그 파동이 얼마나 강력한지 동해 수정궁을 흔들리게 할 정도였다. 적을 향해 던져 둘둘 말아 생포할 수도 있다.

■ 보패/화첨창(火尖槍)

나타의 상용 무기로 체내의 정기를 불꽃으로 변화시켜 분출시킨다. 나타는 이 창을 자유자재로 운용하며 수많은 공을 세우는데, 그의 놀라운 창법은 황천상에게 전해져 그로 하여금 소비호라는 별명을 갖게 하는 계기가 된다.

揚戩 | 선계 · 천교

양전

천재도사 양전

양전은 옥천산 금하동의 옥정진인의 제자인데, 선계에서 동부를 열 수 있을 정도의 능력을 인정받아 청원묘도진군이라는 도호까지 얻었지만 문인으로 활약하는 특이한 인물이다.

양전은 구전원공이라는 특수한 힘을 모아 그것으로 72종류의 변신술을 자유자재로 사용할 수 있다. 또한 육신과 혼백을 분리시킬 수 있는 능력까지 가지고 있다. 때문에 어떤 공격도 무력화시킬 수 있을 뿐만 아니라 상대방의 체내로 들어가기까지 한다.

이런 그의 실력을 목격한 문태사는 '저런 인물이 있는데도 반역을 도모하지 않는다면 그것이 이상할 것이다' 라고 찬탄하기도 하였다. 이런 놀라운 도력이 있었으므로 양전의 보패는 의외로 단순하여 삼첨도와 옷소매에 숨겨 다니는 효천견이 고작이었다.

그는 강자아의 책사로서도 능력을 발휘한다. 지혜로운 강자아였지만 역성혁명의 와중에서 양전이 곁에 없으면 몹시 불안해하기까지 하였다. 그는 마치 『삼국지』에서 제갈량이 강유에게 의지하는 것처럼 양전을 신임한다. 이러한 관계였기 때문에 양전은 더욱 사숙인 강자아를 믿고 따를 수 있지 않았을까.

양전은 중국에서 물을 다스리는 이랑진군(二郞眞君)의 또 다른 모습이다. 전국 시대에 이빙의 차남이 있었는데, 그는 진나라의 관리이면서 촉 지방의 홍수를 방지하는 데 큰 공을 세웠다고 한다. 이랑진군의 '이랑(二郞)'은 차남을 가르키는 것으로, 사람들이 그를 추앙하여 이랑진군이란 도인을 창조해낸 것으로 보인다.

이랑진군은 『서유기』에서 천제의 조카로 등장하여 관음보살의 지원을 받아 손오공을 사로잡는 활약을 펼친다.

■ 보패/삼첨도(三尖刀)

양전의 주무기인 삼첨도는 관우의 청룡언월도와 비슷한 대검으로 칼끝이 세 갈래로 갈라져 있다.

■ 보패/효천견(哮天犬)

효천견은 평소에는 작은 개의 모습으로 양전의 소매 속에 숨어 있지만 풀어놓으면 흰 코끼리 형상의 사나운 개로 변신하여 적을 습격한다. 살상력은 미미하지만 적의 주의력을 흐트러뜨리는 효과를 발휘한다.

雷震子 | 선계 · 천교

뇌진자

희창의 백 번째 아들. 서백후 희창이 비중과 우혼의 계략에 의해 주왕의 부름을 받고 조가로 가던 중 소나기와 뇌성벽력이 내리자 장성(將星), 즉 장군별의 기운을 받은 아이가 근처에 있음을 깨닫고 수색 끝에 숲 속에서 찾아낸 갓난아이이다.

이에 희창이 몹시 기뻐하였지만 자신에게 7년의 고난이 예비되어 있어 동네 사람에게 맡기려 할 때 종남산의 선인 운중자가 나타나 '뇌진자'란 이름을 지어주고 거두어 제자로 삼는다.

7년 뒤 조가를 빠져나오는 희창에게 위험이 닥치자 운중자는 뇌진자를 변신시켜 풍뢰시와 금곤의 보패를 주어 아버지를 돕도록 한다.

어린 뇌진자는 신체의 변화에 당황했지만 곧 스승의 뜻을 알아차리고 조가의 추격대를 물리쳐 부친을 구한 다음, 훗날 강자아의 휘하에 들어가 맹활약을 펼친다.

	■ 보패/금곤(金棍) 금으로 만들어진 곤봉으로, 산도 부술 수 있는 위력이 있다. 희창을 추격하던 조가의 장수 은파패와 뇌개도 그 위력에 놀라 싸움을 단념하고 회군했을 정도이다.
	■ 보패/풍뢰시(風雷翅) 은행나무의 열매가 변하여 날개가 되었는데, 날개 좌우에 풍(風)과 뢰(雷) 자가 쓰여진 부적이 붙어 있다. 주문을 외우면 돌풍과 벼락이 인다. 뇌진자의 이동수단이자 적진을 혼란시키는 주요 보패이다.

金吒 · 木吒 | 선계 · 천교

금타 · 목타

금타와 목타는 진당관의 총병 이정의 장남과 차남으로 금타는 오룡산 운소동 문수광법천존의 제자, 목타는 구궁산 백학동 보현진인 문하이다. 이들은 막내인 나타와 함께 강자아의 휘하에 들어가 수많은 전투에 참전한다.

이들의 활약상은 나타에 비해서는 상대적으로 드러나지 않지만 동백후 강문환을 도와 유혼관을 공략할 때 기지를 발휘하여 큰 공을 세운다.

당시 동백후 강문환은 유혼관의 총병 두영과 부인 철지부인의 강력한 저항 때문에 맹진으로 나아갈 수가 없었다. 이에 지원을 명받은 금타와 목타는 절교의 도인으로 가장하여 두영과 철지부인을 속인 뒤 성 안팎에서 급습하여 승리를 거둔다. 이로 인해 동백후의 군대가 맹진의 회맹에 늦지 않게 도착할 수 있었다.

훗날 이 두 사람은 아버지 이정의 후신인 탁탑천왕의 태자로서 도교와 불교 양교에서 추앙을 받는다.

■ 보패/둔룡장(遁龍杖)

이 보패는 문수광법천존이 금타에게 물려준 것으로 지팡이 위에 천지인(天地人)을 상징하는 세 개의 금고리가 붙어 있다. 이 고리는 상대의 신체를 얽어매어 꼼짝 못하게 만드는 포획전문 보패이다. 문수보살이 사용하는 칠보금련의 전신이다.

■ 보패/오구검(吳鉤劍)

보현진인이 제자인 목타에게 준 보패로 몸체가 달처럼 구부러진 곡도이다. 이 검은 자웅 한 쌍의 검으로 공중에 던지면 저절로 돌면서 상대의 후면을 치기도 하는데, 목타가 이 검으로 달기의 목을 베었다.

黃天化 | 선계 · 천교

황천화

황천화는 황천작, 황천록에 이은 무성왕 황비호의 셋째아들로 세 살 때 나무에 오르다 떨어져 죽을 뻔한 것을 청허도덕진군이 구원하여 제자로 삼았다.

그는 황비호가 서기를 떠나 오관을 돌파하던 중 동관에서 옛 부하인 진동에게 저지당하자 스승의 명을 받들어 비로소 하계에 등장한다. 그때 화룡표에 맞아 위독한 부친 황비호를 구원하고 강자아가 서기 정벌에 나선 마가사장에게 어려움을 당하자 다시 나타나 서기군의 주력 무장이 된다.

그는 마가사장을 물리치는 등 수많은 전공을 세우지만 안타깝게도 봉신방에 이름이 올라 있어 스승인 청허도덕진군과 강자아의 애탐을 받는다.

동벌군이 서기를 떠나 드디어 금계령에 다다랐을 때 공작명왕의 전신인 공선이 그들 앞을 막아서자 강자아가 야습을 계획하는데 그 선봉이 황천화였다.

그러나 동벌군은 야습을 눈치챈 조가군에 의해 대패하고 마는데, 그 와중에 황천화는 오봉대란 보패를 쓰는 적장 고계능에 의해 죽고 만다.

이에 분루를 삼킨 부친 황비호는 벌을 잡을 수 있는 절취신응의 주인 숭흑호의 도움을 받아 아들의 원수인 고계능을 척살한다. 그러나 이미 봉신된 아들 황천화를 되살릴 수는 없었다.

황천화는 선인들이 머무는 삼산, 즉 봉래(蓬萊) · 방장(方丈) · 영주(瀛洲)를 다스리는 관령삼산정신병령공에 봉해진다.

■ 영수/옥기린(玉麒麟)

황천화의 영수 옥기린은 본래 청허도덕진군의 탈것으로 하늘을 자유자재로 날며 예지력을 갖춘 동물로, 문중의 흑기린과 대비된다. 그러나 이 충직한 영수는 고계능의 말벌에 눈이 쏘여 주인을 떨어뜨림으로써 황천화가 봉신되게 한다.

■ 보패/막야보검(莫邪寶劍)

청허도덕진군이 황천화에게 하사한 천고의 보검으로, 근본은 춘추 시대 오나라의 간장(干將)과 막야(莫邪) 보검으로부터 연유한 것으로 보인다. 이 보검은 검광만으로도 상대의 목을 베는 막강한 능력이 있지만 그리 자주 사용되지는 않았다. 황천화의 주무기는 쌍추이다.

■ 보패/화람(花籃)

청허도덕진군이 동관으로 부친을 구출하러 가는 황천화에게 빌려준 꽃바구니로 상대방의 보패를 빨아들이는 효력이 있다. 동관에서 적장 진동이 던진 화룡표를 모두 담아낸다.

■ 보패/화룡표(火龍鏢)

표(鏢)란 수리검(手裏劍)을 말하는데, 화룡표는 문자 그대로 상대에게 던지면 불을 뿜으면서 날아가는 검이다. 사정거리가 짧은 단점이 있지만 위력은 막강하다.

■ 보패/찬심정(鑽心釘)

화룡표보다 작은 기습용 보패로 사정거리는 매우 짧지만 그만큼 운용이 쉽다.

韋護 | 선계 · 천교

위호

위호는 금정산 옥옥동 도행천존의 제자로 불청객 여악이 서기성 공격을 지원하다 패배하고 도망칠 때 등장한다. 그는 『봉신전설』에서 특별한 활약을 보여주지 못하지만, 선계의 사정에 밝아 중요한 장면에서 강자아를 돕는다.

특히 그는 금계령에서 공선의 오색신광에 쐬여 위기에 빠진 양전을 구하고, 사수관에서 여원에게 강자아가 죽음 직전에 몰렸을 때 돕는 등 서기측이 어려울 때마다 공을 세우는 특이한 인물이다.

위호가 제대로 활약을 한 것은 양전, 양임과 함께 면지성 총병 장규를 척살한 일이었다.

장중안(掌中眼)이라는 특수한 눈을 가진 양임이 지행술의 대가 장규의 행방을 추적하고, 양전이 구류손에게 받은 지지성강술 부적을 운용하여 장규를 황하가에 가두자 위호는 땅속에까지 위력을 발휘하는 항마저로 장규의 머리를 박살내 봉신시킨다.

그는 훗날 서방에 귀의하여 불법의 수호자가 되었다.

■ 보패/항마저(降魔杵)

저(杵)란 무기는 양끝이 매우 크고 넓은 방망이 모양의 무기이다. 이 무기는 힘을 한 곳에 집중할 수 있어 커다란 위력을 발휘하지만 무겁다는 단점이 있다. 하지만 위호의 항마저에는 도력이 담겨 있어 평소에는 깃털처럼 가볍다가 상대방을 가격할 때만 중량이 시현된다.

李靖 | 선계 · 천교 | 하계 · 은나라

이정

이정은 본래 도액진인의 문하에서 수행했지만 선골이 없었기에 하산하여 진당관의 총병으로 봉직하고 있었다.

하계에서 평화롭게 살아가던 그의 운명은 부인 은씨가 나타를 낳고부터 흔들리기 시작한다. 나타로 인해 모진 곤욕을 치른 그는 금타의 스승 문수광법천존과 대선인 연등도인, 태을진인의 도움을 받아 아들과 화해한 뒤 천명을 깨닫고 연등도인의 문도가 된다.

그는 은교 휘하의 나선이 화공으로 서기성을 괴롭히다 용길공주에게 패해 도망칠 때, 그를 죽이고 서기측에 합류하여 스승과 함께 우익선을 사로잡는 등 맹활약을 펼친다.

훗날 그는 무신 탁탑천왕으로 숭배되며, 비사문천(毘沙門天)의 화신으로 야차와 나찰을 거느리며 사람들의 복덕을 관장한다.

■ 보패/삼십삼천황금보탑(三十三天黃金寶搭)

영롱탑(玲瓏搭)으로 불리는 이 탑 모양의 보패는 상대를 가두어 태우거나 맞추어 타격을 입히는 효력이 있다. 이정은 이 탑의 주인이었기에 탁탑천왕이 될 수 있었다.

揚任 | 선계 · 천교 | 하계 · 은나라

양임

양임은 은나라의 상대부였지만 그는 숭후호가 관리하는 녹대공사에 의문을 품고 주왕에게 간언했다가 두 눈이 뽑혀지는 혹형을 당한다.

이때 청허도덕진군이 그를 구원하여 뻥 뚫린 두 눈구멍에 두 개의 손이 뻗어나오도록 하고, 그 손바닥에 천리안을 가진 장중안을 심어준다. 양임은 청허도덕진군이 자신으로 하여금 은나라를 치도록 하기 위해 살려준 것을 알고 고민하지만 곧 천명에 따르기로 결심한다.

동부에서 오랜 수련을 거친 그는 무장으로 거듭나지만 선비로서의 성정은 버리지 못하였다. 훗날 하산하여 강자아를 괴롭히던 여악의 온황진과 만선진을 불태웠으며, 장규를 협격하여 척살하는 등 수많은 전공을 세웠다. 그러나 양임은 동벌군이 맹진에서 원홍와 오문화의 야습을 받고 봉신되고 만다.

그는 죽은 뒤 태세부의 통령으로서 갑자태세에 봉해진다. 이것은 천명을 받들어 하계에서 나쁜 짓을 하는 자를 찾아내는 직책이었으니, 장중안을 가진 양임에게는 안성맞춤이 아닐 수 없겠다.

■ 보패 / 오화신염선(五火神焰扇)

오화신염선은 청허도덕진군의 보패로 양임에게 전수된 것이다. 단순한 부채 모양이지만 그 바람 속에는 화염이 담겨 있어 일정 범위 안의 모든 것을 불태울 수 있다. 때문에 부진을 제거하는 데 유용하다.

■ 보패/비전창(飛電槍)

본래 선비 출신인 양임이었던지라 청허도덕진군은 자신의 도력이 담긴 창을 건네주었다. 하지만 양임은 이 보패를 거의 사용하지 않아 위력 또한 알려지지 않는다.

■ 영수/운하수(雲霞獸)

이 영수 역시 청허도덕진군의 탈것이었는데, 그 모습은 추측할 수 없다. 다만 지행술로 도망치는 장규를 쫓을 때 양임을 태우고 상공에서 자유자재로 날아다닌다.

土行孫 | 선계 · 천교

토행손

토행손은 신장이 겨우 4척 단신에 불과했으며 긴 팔, 갈색 얼굴을 가진 실로 보잘것없는 용모였다. 하지만 그에게는 지행술이라는 명불허전의 능력이 있었다.

빈철곤, 즉 꽃무늬가 그려진 몽둥이를 주무기로 사용하는 그는 본래 강자아를 지원하는 임무를 부여받았지만 스승이 절교측 대선들과 일전을 벌이느라 자리를 비운 틈에 신공표의 꼬임에 빠진다.

신공표는 토행손이 선골이 없을 뿐만 아니라 봉신방에 이름이 올라 있음을 알고 하계의 삼산관에 가서 등구공의 장수가 되어 부귀영화를 누리라고 부추긴다. 이에 고무된 토행손은 동부의 보패인 곤선승과 선단을 훔쳐나와 삼산관으로 들어간다. 그런데 이는 좀 다른 입장에서 스승인 구류손의 뜻과도 합치하는 것이었다.

아무튼 토행손은 지행술로 서기군을 위협할 뿐만 아니라 등선옥을 얻기 위해 무왕 암살이라는 엄청난 전공을 꿈꾼다. 그러나 안타깝게도 그의 시도는 천재도사 양전의 함정에 걸려 지행술이 제압당하고 생포된다. 하지만 구류손과 강자아의 계교로 생명을 건지고 오매불망하던 하계 제일미녀 등선옥과 결혼하는 행운까지 거머쥔다.

이후 토행손과 등선옥 부부는 지행술과 오광탄석술로 전장을 누비며 숱한 공을 세우지만 결국 천수에 따라 면지성에서 그 생을 마감한다. 군성정신의 토부성에 봉해진다.

■ 보패/곤선승(捆仙繩)

시전되면 금빛이 번쩍이며 상대를 옴짝달싹 못하게 포박하는 일종의 오라이다. 자체에 도력이 담겨 있으므로 원시천존이나 통천교주 같은 대선이 아니면 도저히 풀어낼 수 없는 구류손의 보패로 사제가 사이 좋게 사용한다.

元始天尊 | 선계 · 천교

원시천존

『봉신전설』에서 원시천존은 선계의 일파인 천교의 대장으로 나오지만, 도교에서는 선계의 최고신으로 상징된다.

그는 인간을 창조한 여와에 앞서 세상을 창조한 반고의 화신이다. 지상에서 모든 대업을 이룬 그는 혼령이 천상으로 올라가 원시천존으로 화신하였다. 하지만 『봉신전설』의 바탕이 도교인지라 세계와 인간을 창조한 반고나 여와가 노자보다 격이 낮게 그려지고 있는 특징을 보인다.

아무튼 원시천존은 곤륜산의 옥허궁에서 십이대선을 키워내고, 나머지 제자들의 교육은 비서격인 남극선옹에게 일임하였다. 그래서 강자아가 원시천존의 직계제자였지만 사형인 남극선옹에게 배웠던 것이다.

원시천존의 도력은 실로 무궁하여 위로는 홍균도인과 태상노군과 비견될 정도였다. 때문에 그는 봉신계획의 실제 주창자였지만 실행은 강자아에게, 원조는 남극선옹과 백학동자에게 맡겨놓았다.

그가 출도하여 몸소 전투에 참가한 것은 삼선고의 구곡황하진을 파괴할 때와 통천교주의 주선진, 만선진을 파할 때로 태상노군과 함께 있었다. 그의 권위가 태상노군에 비견된다는 증거이다.

봉신계획은 결국 원시천존의 뜻대로 마무리되었고, 하계의 역성혁명과

더불어 선계와 하계 사이에 신계를 건설함으로써 선인들은 하계와 멀어져 완전히 독립할 수 있었다.

■ 보패/구룡침향련(九龍沈香輦)

원시천존이 하계에 강림할 때는 언제나 이 탈것을 이용하였고, 백학동자와 남극선옹의 호위를 받았다. '련(輦)' 이란 손수레라는 뜻인데, 하계에서도 황제만이 탈 수 있는 것이다. 이 구룡침향련은 어떤 상황에서도 자유자재로 날아다닐 수 있지만 속도의 완급은 드러나지 않고 있다.

■ 보패/황건역사(黃巾力士)

도술에 의해 명령을 수행하는 로봇으로 스스로 생각하는 힘은 없다. 머리에 항상 황색 두건을 두르고 있는데, 태상노군 · 원시천존은 물론 천교의 대선, 심지어 천계의 인물인 용길공주까지도 자유롭게 운용할 수 있다. 후지사키 류의 일본 만화에서는 이에 대항하여 절교측에 창건역사를 등장시키기도 하였다.

■ 보패/반고번(盤古旛) · 태극부인(太極符印)

반고번은 태극진을, 태극부인은 양의진을 파괴하기 위해 원시천존이 담당 선인에게 준 보패이다. 이들 부진은 천지의 힘을 이용하여 만들어졌지만 원시천존은 그것을 창조한 반고의 화신이었기에 무력화시키는 방법까지도 알고 있었던 것이다.

■ 보패/삼보여의주(三寶如意珠)

불법승(佛法僧), 삼보의 기운이 갈무리된 구슬로 상대의 도력을 뚫고 들어가는 강력한 타격무기이다. 이 보패는 옥허궁의 보물이었는데 주로 남극선옹이나 백학동자에 의해 시전되었고, 만선진에서 그 위력을 발휘한다.

殷郊 · 殷洪 | 선계 · 천교 | 하계 · 은나라

은교 · 은홍

은교 · 은홍는 비운의 왕자들이다. 어머니는 달기에게 미혹된 주왕에 의해 참혹하게 살해당하고 두 사람 역시 달기의 모함을 받아 목숨이 위태로운 지경에까지 이른다.

다행히 그들은 처형 직전에 적정자와 광성자 두 선인의 구원을 받아 도인의 길을 걷지만 미래는 불투명한 것이었다. 아무리 아버지가 철천지원수일지라도 아버지에게 칼을 겨눈다는 것은 패륜이었기 때문이다.

이런 상황에서 그 아버지인 주왕이 실은 천교측의 추인 아래 여와가 파견한 암여우 요괴 달기에게 미혹되었다는 사실을 알게 되면서 두 왕자는 하늘을 원망하며 그들을 버렸던 은나라의 편에 선다.

그리하여 형제는 두 스승에 의해 슬프지만 어쩔 수 없는 죽음을 맞게 되고, 적정자와 광성자는 애달픈 인연에 통곡한다. 어쩌면 이들의 죽음은 은나라의 멸망과 함께 예정된 것이었는지도 모른다.

훗날 은홍은 군성정신의 오곡성, 은교는 시간과 계절 · 밤낮을 관장하는 태세부의 치년세군에 봉해진다.

燃燈道人 | 선계 · 천교

연등도인

연등도인은 천교의 선인 서열 2위로 원시천존의 명을 받들어 십이대선을 지휘하였고, 종종 강자아의 지휘권을 이양받아 천교측 선인이나 서기측 장수들을 봉신시키는 악역을 맡기도 하였다.

연등도인은 소설 초반부터 출연하여 충동적인 나타의 성정을 제압하고, 이정을 제자로 삼는 등 역성혁명과 봉신계획의 기초를 다진다. 그 후 일성구군의 십절진을 파해하는 데 주도적 역할을 하고, 오이산 산인들의 힘을 빌어 강력한 상대인 조공명을 격퇴하였다.

그는 이 승리의 부산물로 현도의 보물인 정해주를 얻음으로써 개인적인 영광을 챙기기까지 한다. 하지만 대선으로서 교분이 깊었던 운소낭랑과 대적할 때는 마음의 상처를 받기도 한다.

그는 적정자 · 광성자 · 운중자를 지휘하여 태사 문중을 절룡령에서 봉신시킨 후 잠시 무대에서 사라진다. 그러다 대붕금시조의 화신 우익선이 강자아를 막아서자 기계를 동원하여 그를 굴복시키고 제자로 삼는다.

이렇듯 완벽에 가까운 실력을 보이던 연등도인도 자신의 동부에 있던 등장의 불꽃이 염정(焰精), 즉 불꽃의 정령이 되어 은교의 장수로 참전한 사실은 까맣게 모른다. 이로 인해 양전은 대선인도 가끔 어리숙할 때가 있다며 재미있어 한다. 하여튼 그 일로 인해 다시 무대에 등장한 연등도인은 은교의 번천인을 제압하기 위해 사대보기를 모으고, 십이대선과 함께 은교를 제압한 뒤 기산에서 이서지형에 처하는 전 과정을 지휘한다.

그 후 연등도인은 금계령에서 오색신광을 발하는 공선에게 패하고, 제자로 삼은 우익선마저 봉변을 당하지만 서방 도인들의 도움으로 위기를 넘긴 뒤 주선진 · 만선진 전투에 참가하여 자신의 진정한 위력을 발휘한다.

주선진에서 패배하고 도망치는 통천교주를 정해주로 타격하여 상처를 입히고, 만선진에서는 절교의 대선 금령성모를 봉신시킨다. 훗날 서방에 귀의한 연등도인은 정해주를 통해 성불하여 연등불이 되었다.

■ 보패/건곤척(乾坤尺)

길이 1척 정도의 짧은 자 모양으로 손에 쥐고 치는 것이 아니라 투척용이다. 이 보패에는 음기가 갈무리되어 있어 격중당하면 외상은 물론 내상까지 입게 된다. 조공명이 이 보패로 인해 고통을 받는다.

■ 보패/자금발우(紫金鉢盂)

자주색 바리때로 시전되면 계곡의 상부를 뒤덮을 정도로 커진다. 태사 문중이 운중자의 통천신화주를 피해 공중으로 비상했다가 이 보패에 충돌하여 목숨을 잃는다.

赤精子 | 선계 · 천교

적정자

적정자는 십이대선의 일원으로 태화산 운소동에 동부를 가지고 있다. 그는 오문에서 목숨이 경각에 처한 왕자 은홍을 구하여 제자로 삼는다.

그는 강자아가 낙혼진의 주인 요천군의 주술에 휘말려 혼백을 빼앗기자 태상노군의 태극도로 낙혼진의 제단에서 자아의 이름이 적힌 제웅을 탈취하려다 실패한다. 그리고 현도의 보물인 태극도를 요천군에게 빼앗긴다. 하지만 이것이 태상노군을 현도에서 끌어내려는 고도의 계책임을 신공표에게 간파당한다.

그는 『봉신전설』에서 많은 활약상을 보이지만 심적인 고통 또한 엄청나게 겪었다. 강자아가 본격적으로 역성혁명을 준비하자 적정자는 제자 은홍을 하산시켜 그를 돕도록 한다.

그러나 은홍은 서기로 강자아를 만나러 가던 도중 신공표에게 설복되어 은나라의 서기 정벌군에 합류한다. 천명보다는 인의가 우선이라는 확고부동한 신념이 가져다준 결과였다.

결국 스승을 배신하면 죽어도 좋다는 은홍의 맹세가 있었기에 적정자는 태극도로써 제자를 스스로 봉신시키지 않으면 안 되었다. 그러나 스승이 제자를 죽이는 일은 전무후무한 일이라 적정자는 어떻게든 상황을 피하려 하지만 불가능했다. 이 일이 있은 후 정신적 타격을 받은 그는 동부에 들어가 두문불출한다.

그 후 만선진에서 살겁을 깨는 절차가 벌어지자 비로소 하산하여 태극진을 와해시키는 소임을 맡는다.

■ **보패/음양경(陰陽鏡)**

음양경은 앞면이 희고 뒷면이 붉은 거울로 적정자가 하산하는 은홍에게 준 강력한 보패이다. 붉은 면을 한 번 비추면 상대가 혼절하고, 두 번 비추면 목숨을 빼앗고, 세 번 비추면 핏물로 화한다. 한편 흰면으로 비추면 핏물로 변하기 전에는 부활시킬 수 있다.

■ **보패/팔괘자수의(八卦紫綬衣)**

자수란 보랏빛 끈목을 가르키는 것으로 본래 고귀한 신분을 나타내던 것이다. 그러므로 이 보패는 보랏빛 끈으로 띠를 두른 도복이다. 도검이나 공격용 보패로부터 몸을 지킬 수 있다.

■ **보패/수화봉(水火鋒)**

봉(鋒)이란 날카로운 무기의 끝날을 뜻하는데, 곧 창과 같은 모양의 무기이다. 이 보패는 불과 물을 뿜어내며 적을 공격하는데 위력은 그리 강하지 않다.

廣成子 | 선계 · 천교

광성자

광성자는 구선산 도원동의 선인으로 곤륜 십이대선의 일원이며, 태자 은교가 그의 직계제자이다.

그는 적정자의 제자인 은홍이 배신했다가 스승에 의해 봉신되자, 은교 또한 배신할 것을 걱정하여 그를 삼두육비의 괴인으로 만든 뒤 하산시킨다. 그런 몸으로는 아무리 태자일지라도 왕위에 오르지 못할 것이고, 더불어 은홍처럼 마음을 바꾸지 못하리란 판단이었다.

하지만 이것은 오판이었다. 신공표의 간곡한 설득에 넘어간 은교는 주저하지 않고 서기 정벌군에 합류하여 광성자가 준 도원동의 보패로 서기군을 끝없이 괴롭힌다. 그 중에서도 특히 번천인은 선계 최강의 공격무기인지라 이를 제압할 보패가 없었다.

이에 연등도인은 천계 · 선계 · 서방에 있는 사대보기를 빌려와 은교를 사로잡은 다음 결자해지의 입장에서 광성자에게 은교의 봉신을 명한다. 결국 광성자는 적정자의 예처럼 그토록 피하고 싶었던 은교에 대한 이서지형의 집행자가 되고 만다.

그 후 광성자는 가몽관에서 제자의 복수를 하려 나선 화령성모를 번천인으로 척살한다. 이에 광성자는 통천교주에게 사과하기 위해 벽유궁으로 찾아갔다가 동료의 죽음에 흥분하여 달려드는 귀령성모를 번천인으로 위협하여 그녀의 본신을 드러내게 하는 실수를 저지른다.

이 일로 인해 더욱 분개한 다보도인 등 절교의 대선들이 통천교주를 설득하여 절교와 천교와의 전면 대결로까지 사태가 악화되고 만다.

■ 보패/번천인(番天印)

선계 최강의 보패로 연등도인조차 이 보패를 제어할 수 없다. 이는 광성자의 도력이 상상 이상임을 암시하는 것이다. 금속제의 도장 형태로 상대에게 부인을 날리는데, 격중되면 어떠한 선인이라도 죽음을 피할 수가 없다.

■ 보패/소하의(掃霞衣)

단순한 도복 모양이지만 도력이 담겨 있어 도검을 비롯한 여타 공격용 보패로부터 몸을 지킬 수 있다. 빛이나 안개 등을 사용하는 도술에 특히 유용한데, 화령성모의 금하관에서 내뿜은 안개를 무력화시키기도 한다.

■ 보패/낙혼종(落魂鐘)

손에 쥐고 흔들면 소리가 나는 요령이다. 이 종소리는 상대의 혼백에 빼앗아 의식을 잃게 한다. 다만 나타와 같이 혼백이 없는 사람에게는 아무런 효과가 없다.

普賢眞人 | 선계 · 천교

보현진인

보현진인은 십이대선의 일원으로 구궁산 백학동의 선인이다. 그의 제자는 이정의 둘째아들인 목타로 강자아 휘하에서 커다란 활약상을 보인다.

그는 십절진에서 원천군의 한빙진을 가볍게 파해하여 자신의 도력을 증명해보였고, 만선진에서는 원시천존에게 빌린 태극부인으로 양의진을 무력화시킨다.

그가 법신을 드러내자 머리에는 붉은 구름이 끼고 오색빛을 몸에 두른 삼두육비의 무장이었다. 이에 놀라 도망치려는 영아선을 장홍색으로 사로잡아 보니 본신이 흰 코끼리인지라 그것을 자신의 탈것으로 삼는다. 그는 천년 뒤에 서방에 귀의하여 보현보살이 되었다.

文殊廣法天尊 | 선계 · 천교

문수광법천존

문수광법천존은 오룡산 운소동의 선인으로 이정의 맏아들인 금타의 스승이다. 그는 일성구군이 만들어놓은 십절진에서 진천군의 천절진을 파해하는 역할을 맡았는데, 일신에 도력을 발동하자 서기가 일신을 보호하니 부진의 살기가 무용지물이 되었다.

그는 또한 야차 마원을 양전과 함께 제압한 뒤 준제도인에게 인계하여 서방으로 돌려보내고, 만선진에서는 원시천존에게 빌린 반고번으로 태극진의 변화를 그치게 하였다. 또한 태극진에서 도망치려는 절교의 도인 규수선을 굴복시킨다. 훗날 서방에 귀의하여 문수보살이 되었다.

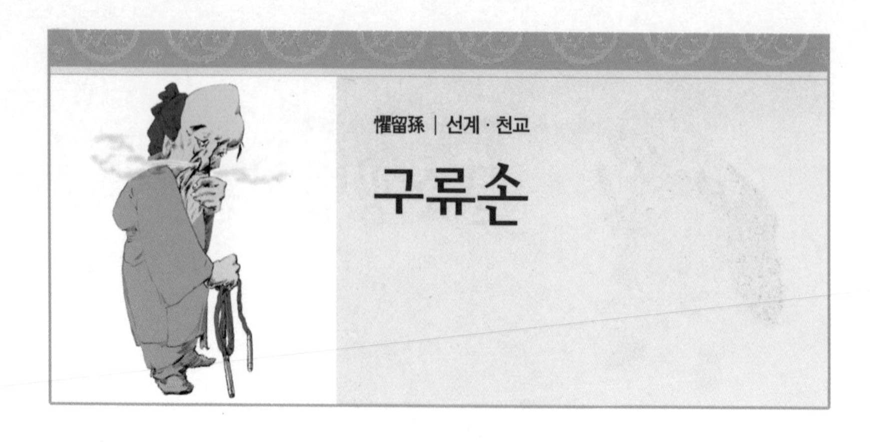

懼留孫 | 선계 · 천교

구류손

구류손은 협룡산 비운동의 선인으로 곤륜 십이대선 중의 일원이다. 그는 토행손의 스승으로 십절진 싸움 때 처음 등장한다. 그는 사람을 죽이지 않는 특징을 가지고 있었는데, 이때에도 조천군 조강의 지열진을 파괴하지만 그의 목숨을 취하지는 않는다.

구류손은 제자인 토행손이 봉신방에 올라 있음을 애처롭게 여겨 그가 신공표의 꾐에 넘어가 자신의 보패를 훔쳐 달아난 것을 알면서도 일부러 모른 체한다.

이런 사실이 양전에게 간파당했지만 그는 태연자약하였다. 다만 입장이 난처해진 그는 토행손을 직접 사로잡은 다음 하계 제일미녀 등선옥과 결혼까지 주선하는 대담함을 보인다. 두 사람이 전생에 인연이 있다는 억지춘향격 논리에 강자아는 어처구니가 없었지만 실리를 생각하여 고개를 끄덕이고 수락하였다.

드디어 제자의 혼인이 이루어지자 누구보다도 기뻐한 그는 등선옥에게 오광탄석술을 전수하여 남편을 든든하게 보좌하도록 마음을 써주고, 토행손 부부가 장규 부부에게 죽자 양전에게 지지성강부를 보내 제자의 한을 풀어준다. 훗날 서방에 귀의하여 불타가 되었다.

■ 보패/지지성강부(指地成鋼符)

손가락으로 가르키는 것만으로도 땅을 강철같이 단단하게 변화시키는 비술로 누구나 사용할 수 있도록 부적(符籍)으로 만들어놓은 것이다.

自航道人 | 선계 · 천교

자항도인

보타산에 낙가동이란 동부를 가진 곤륜 십이대선의 일원으로 십절진 동천군 동전의 풍후진을 파괴하는 역할을 맡는다.

그의 성품은 온유하고도 단호하다. 십절진 전투에서 풍후진의 주인 동천군에게 포기하고 도망치는 것이 좋겠다는 조언을 하지만 불복하자 냉정하게 그를 봉신시켜버린다. 또한 배신한 제자 은홍을 태극도로 사로잡을 때 번민하는 적정자에게 천명을 이행하라며 사형을 독촉하기도 한다.

만선진에서는 사상진을 지키던 금광선을 원시천존에게서 빌린 삼보여의주로 굴복시키니 금빛 털을 가진 원숭이로 본신이 나타나자 이를 자신의 탈것으로 삼는다. 훗날 구류손처럼 서방에 귀의하여 관세음보살이 되었다.

■ 보패/유리병(琉璃瓶)

유리로 만든 병으로 상대를 빨아들여 한줌 재로 만들어버리는 강력한 효력이 있다. 『서유기』에서 손오공과 나타가 서로 호각지세로 싸울 때 관음보살이 상공에서 손오공에게 던진 바로 그 병이다.

太乙眞人 | 선계 · 천교

태을진인

나타의 스승으로 건원산 금광동의 선인이다. 활달한 성격의 소유자로 영주인 나타를 이정의 부인 은씨의 아들로 태어나게 하였다.

그는 건곤권으로 제자를 살해한 나타를 추궁하는 석기낭랑을 죽이는 등 적반하장격으로 제자의 악행을 비호해준다. 하지만 나타가 결국 육신을 잃자 연꽃으로써 혼백이 없는 보패인간으로 거듭나게 해주니, 따지고 보면 나타의 아버지나 다름이 없다.

태을진인은 나타에게 화첨창과 음양검 · 금전 · 혼천릉 · 구룡신화조 등 엄청난 보패들을 주는데, 아마 곤륜 십이대선 중 가장 많은 보패를 가진 선인이 아닐까 싶다. 또한 그는 나타가 여화의 화혈신도에 부상을 당하자 그를 삼두팔비의 괴인으로 변신시킨다. 이로 미루어볼 때 그는 뛰어난 보패 제작능력을 가졌으며, 몹시 지기 싫어하는 성격을 지닌 것으로 보인다.

십절진에서 손천군 손량의 화혈진을 파괴하는 공을 세우지만, 운소낭랑의 구곡황하진에 빠져 도력을 잃으므로 수련을 처음부터 다시 해야 했다.

玉鼎眞人 | 선계 · 천교

옥정진인

옥천산 금하동의 선인 옥정진인은 수많은 보패를 지닌 태을진인에 비하면 별다른 능력을 발휘하지 못하고, 보패 또한 드러나는 것이 없다. 다만 그의 걸출한 제자 양전이 스승을 대변하는 듯 소설 전편에 걸쳐 빛나는 활약상을 보여준다.

옥정진인은 십절진을 격파하는 데도 나타나지 않는다. 다만 여악이 역병을 퍼뜨렸을 때 양전을 천계로 보내 여화의 화혈신도에 대한 대비책을 알려주는 등 선계의 여러 사건에 밝은 인물임을 암시하고 있다.

그의 활약상은 주선진에 있는 수미산의 보검을 빼내는 일과 만선진에서 그 검으로 살겁을 해소하는 장면에서 찾아볼 수 있다.

雲中子 | 선계 · 천교

운중자

운중자는 종남산 옥주동의 선인으로 처음에는 봉신계획을 그리 탐탁하게 생각지 않는다. 거기에는 이기적인 천교 선인들의 꼼수가 숨어 있으리라고 판단했기 때문이다. 그래서 그는 여우의 화신 달기가 입궐하자 조정에 나타나 주왕에게 거궐이란 목검을 주어 치솟는 요기를 잠재우도록 조언한다.

이에 주왕이 이 목검을 분궁루에 걸어두자 달기가 요력을 빼앗겨 목숨이 위태롭게 된다. 이에 놀란 주왕이 이 검을 태우도록 신하들에게 명하였지만 도력이 담겨 있는 거궐은 요지부동이다. 이때 사정을 알고 달려온 여와가 검을 잿더미로 만들어버린 다음 종남산으로 달려가 운중자에게 항의한다.

그의 판단은 달기를 제거하는 것으로 역성혁명의 흐름을 막고, 봉신계획을 무산시킬 수 있다는 것이었다. 하지만 여와와의 말다툼 끝에 봉신계획의 실체를 어렴풋이 짐작한 운중자는 신공표를 염려한다. 과거 제왕의 자리를 거부한 허유를 선계에 천거한 것은 다름 아닌 운중자였기 때문이다.

아무튼 이후 운중자는 천명에 따라 봉신과정에서 적극적으로 활약한다. 서백후 희창의 백 번째 아들 뇌진자를 제자로 삼아 훈육시킨 뒤 보패를 주어 하산시키는가 하면, 절룡령에서 통천신화주와 자금발우로 태사 문중을 봉신시키기도 한다.

그 뒤로 운중자는 조용히 동부에 머무르며 선도의 길을 걷는다. 아마도 십이대선이 구곡황하진에서 도력을 잃은 것을 보고 자신도 도력을 잃을까 하여 자중하였는지도 모른다.

■ 보패/조요감(照妖鑑)

이 보패는 요괴를 비추어 본신을 식별해내는 특별한 능력을 지닌 거울이다. 양전이 맹진에서 매산칠괴 · 고명 · 고각과 싸울 때 운중자에게 빌려 유용하게 사용한다.

■ 보패/통천신화주(通天神火柱)

일종의 지뢰와 같은 보패이다. 상대가 공격 범위에 들어오면 땅속에서 8개의 불기둥이 솟아오르고, 그 기둥에서 49마리의 화룡이 나와 상대를 급습한다.

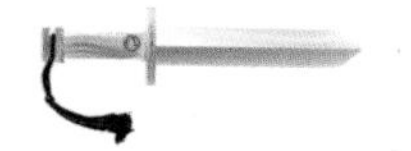

■ 보패/거궐(巨闕)

소나무 고목을 잘라 만든 길이 5촌 정도의 목검이다. 사악한 요기를 제압하고, 그 요괴의 힘을 봉하여 생명력을 손상시킨다.

선계 · 천교

옥허궁의 대선들

천교의 고위 선인들에는 선수(仙首)로 특별 취급되는 연등도인과 비서격인 남극선옹, 곤륜 십이대선이라 통칭하는 인물들 외에도 이선산 마고동의 황룡진인, 공동산 원양동의 영보대법사, 금정산 옥옥동의 도행천존, 청봉산 자양동의 청허도덕진군 등이 있다.

이들 가운데 청허도덕진군의 활약상이 가장 두드러진다. 그는 양임을 구해내 제자로 삼고, 왕천군의 홍수진을 파해하였으며, 주선진에서 4개의 보도를 탈취하는 데 참가하였다.

도행천존은 활약이 잘 드러나지 않아 제자인 위호의 활약과 제자 두 명을 봉신시킴으로써 그 이름을 겨우 기억할 수 있다.

또 황룡진인은 조공명에 의해 사로잡히는데, 그는 옥정진인과 함께 여악에 의해 전염병이 창궐한 서기성에 파견되어 무왕을 돌보는 활약 정도를 찾아볼 수 있다.

이들 외에 구정철차산 팔보운광동의 주인 도액진인이 눈에 띄는데, 그는 정륜의 스승으로 십절진 싸움 때 동료인 영보대법사의 편지를 받고 산의생에게 바람을 잠재우는 보패 정풍주를 빌려주는 역할을 맡는다.

■ 보패/정풍주(定風珠)

도액진인의 보패로 평범한 구슬 모양이지만 자연적인 바람에서부터 선술에 의한 바람까지 모든 바람을 제압하며, 사용자의 신변을 보호한다.

申公豹 | 선계 · 천교

신공표

신공표가 하계에 있을 때의 이름은 허유이다. 그는 요 임금으로부터 황제가 될 것을 제안받지만 오히려 더러운 소리를 들었다며 냇물에 귀를 씻을 정도로 세사에 초연한 인물이다. 이 일을 높이 산 태상노군이 그를 선계로 불러들여 남극선옹으로 하여금 교육을 하게 해 선인이 되도록 하고, 그에게 뇌공편이라는 보패를 준다.

신공표는 그로부터 천교나 절교 같은 분파에 휩쓸리지 않고 영수인 흑점호와 함께 천지를 주유하며 뇌공편으로 끊어진 물길을 이어주고, 산을 부수어 길을 내는 등 인간들의 생활을 보살피면서 소일한다. 때문에 그는 천교측 선인들의 질시를 받지만 태상노군이 그의 배후에 있었기 때문에 감히 어쩌지 못한다.

그는 절교측 도인들과도 자유롭게 교유하고, 천교의 봉신계획이 은주역성혁명과 연계되어 있음을 알고부터는 주로 조가의 상공을 배회하며 지낸다. 또 강자아가 곤륜에서 하산할 때 봉신계획의 이면에 담긴 천교측의 음모를 알려주면서 경거망동하여 천지만물을 적으로 돌리는 일이 없도록 조심하라고 경고한다.

하지만 하계에 내려와 주왕의 폭정을 경험한 강자아는, 봉신계획은 봉신계획대로 은주역성혁명은 또 그 나름대로의 가치가 있음을 깨닫고, 이 혼란의 시기를 하루바삐 종식시키려 노력한다.

그렇지만 신공표는 강자아라는 대사제의 손을 통하여 이루어지는 두 가지 목표가 천교와 주나라의 일방적인 승리로 끝나서는 안 된다고 생각한다. 때문에 그는 심산유곡에 은거하던 절교측 도인들을 설득해 천교측 선인들이 지원하는 동벌군의 진로를 저지하도록 부추긴다.

이후 신공표는 도력을 발휘하기보다는 외교관과 같은 역할에 주력하는데, 삼선고나 마원 · 여악 · 우익선 등이 서기에 출현하는 것도 그의 부탁과 설득에 의해서이고, 주나라의 역성혁명에 동참하려던 왕자 은교와 은홍이 마음을 바꾼 것도 그의 노력이었다. 또 한편 토행손을 등구공에게 소개하고, 가몽관에서 쓰러진 화령성모의 시신을 벽유궁으로 보내 절교의 대선인들은 물론 통천교주까지 전장에 나서도록 한다.

하지만 어떻게 보면 신공표의 활동은 오히려 숨어 있던 절교의 봉신대상을 이끌어낸 결과를 가져오고 만다. 그 사실을 깨달은 신공표는 허탈한 심정이 된다. 신계 창설이란 대명제보다 더 큰 우주의 질서를 깨닫게 된 것이다. 그리하여 천교와 절교의 싸움이 홍균도인의 중재로 마무리된 후 신공표는 원시천존의 조언에 따라 현도로 들어간다.

애당초 봉신방의 맨 끝에 그의 이름이 들어 있었지만 역시 제왕의 자리를 거부한 그의 신성성은 끝까지 보장받는다. 때문에 비렴과 악래라는 두 간신이 양전에 의해 살해된 다음 대신 봉신의 자리를 맡는다.

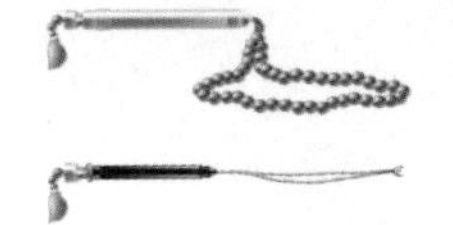

■ 보패/뇌공편(雷公鞭)

뇌공편은 막대 끝에 말총을 엮은 모양의 불주 안에 들어 있는데, 번갯불을 일으키며 형체가 있는 물건을 순간적으로 파괴하고, 혼백까지 태울 수 있다. 여와낭랑까지도 두려워했던 이 보패는 만선진에서 무차별 살상되고 있던 절교측 도사들을 탈출시켜주기 위해 진의 한쪽을 무너뜨리는 데 단 한 차례 사용된다.

陸壓道人 | 선계 · 천교

육압도인

육압도인의 출현은 문중의 서기 정벌 때 강자아를 비롯한 곤륜의 선인들이 아미산 조공명으로 인해 곤경에 처해 있을 무렵이다.

갑자기 나타난 그는 단번에 무지개를 싫어하는 금교전의 약점을 간파했을 정도로 높은 도력을 지녔다. 그는 목간 정두칠전서의 비술로 조공명을 죽이도록 강자아에게 권하는 등 거침 없는 행동을 하면서도 따스한 성품을 간직하고 있다.

조공명 격파에 성공한 뒤, 삼선고가 나타나자 육압도인은 그들에게 일부러 사로잡혀 일곱 발의 화살을 맞으면서까지 그들로 하여금 삼선도를 돌아가라고 간곡히 설득한다. 삼선고는 그의 애정어린 충고를 무시했다가 결국 봉신되고 만다.

육압도인은 인간에게 불을 가져다주었다는 고대의 성인 수인씨의 제자였다. 때문에 조공명 남매들과 싸우는 와중에도 불이 주무기인 백천군의 열염진에 들어가 태연히 부진을 와해시키기까지 한다. 이후 육압도인은 공선과의 싸움에 참전하였고, 만선진 싸움에도 나타나 자신의 살겁을 해소한다.

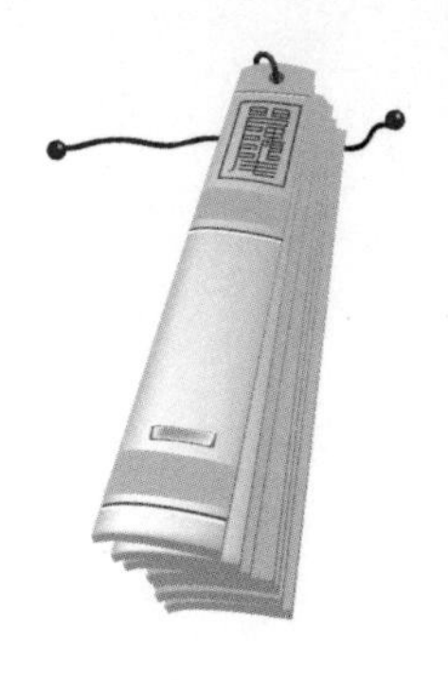

■ 보패/정두칠전서(釘頭七箭書)

주술로써 상대를 죽이는 비법이 적혀 있는 목간(木簡)이다. 천교의 선인들이 조공명의 도력을 이기지 못하자 육압도인은 강자아로 하여금 기산에 제단을 쌓고 조공명의 이름이 적힌 제웅을 안치한 다음, 머리 위와 발밑에 등불을 켜놓고 21일 동안 제사를 지내도록 한다. 이렇게 해서 조공명이 혼백을 빼앗긴 채 빈사상태에 빠지자 강자아는 목간에 쓰여진 대로 주문을 외우며 뽕나무 활로 복숭아나무 화살을 제웅에 쏘아 조공명을 봉신시킨다.

■ 보패/참장봉신비도(斬將封神飛刀)

호리병 속에 들어 있는 7치 정도 길이에 날개와 눈이 달려 있는 비도이다. 스스로 요력을 와해시키는 효력이 있는데, 육압의 명에 의해 백천군 백례의 목을 베고, 후에 강자아에게 전해진 뒤에는 맹진에서 삼매진화에도 죽지 않는 흰 원숭이 요괴 원홍의 목을 벤다.

聞仲 | 선계 · 절교 | 하계 · 은나라

문중

문중은 도인이면서 은나라 황실에서 3대를 복무한 조정의 충신이었다.

그는 주왕의 엄한 스승이었고 황제를 바르게 이끄는 책임과 권한을 지닌 태사 지위에 있으면서 주왕을 보필하였다. 때문에 문중은 은나라 조정에서 주왕의 기운을 억누를 수 있는 유일한 존재였다.

그는 절교의 도인 금령성모의 제자로 도력이 뛰어났으며 두 마리 교룡으로 만들어진 금편을 주무기로 사용하였다. 하지만 하계에서 그는 의도적으로 도술을 자제하였다. 하계에서 도술을 사용하면 반드시 선계의 참견이 따를 것이란 점을 깊이 인식하고 있었기 때문이다.

이로 인해 그의 북해 원정기간은 길어졌고, 그 사이에 주왕과 달기는 자신들 멋대로 혼음광태를 저지를 수 있었다. 하지만 이런 그의 자제심은 거듭되는 서기 원정군의 실패로 인해 결국 포기되고 만다.

그리하여 문중은 도력이 뛰어난 마가사장을 서기에 보내고, 그로부터 하계의 전쟁은 절교와 천교 간의 선계대전으로까지 비화된다. 물론 이와 같은 과정은 봉신계획의 배후에 담겨 있는 당연한 복선의 한 단면일 것이다.

소설 중반 문중은 직접 대군을 이끌고 서기 정벌에 나서 놀라운 능력을 보여준다. 혼자의 힘으로 강자아를 쓰러뜨리고, 나타 · 목타 · 금타 등 곤륜의 문인들에게 부상을 입힌다. 하지만 두 번째 전투에서 그는 강자아의 타신편에 금편이 깨지는 낭패를 당하고 만다.

결국 그가 절교의 도우들에게 구원을 청하니 금오도의 일성구군과 아미산 나부동의 조공명, 삼선도의 삼선고가 출현하고 천교측에서도 연등도인과 십이대선이 하산하여 치열한 접전을 벌인다.

일찍이 스승 금령성모가 예언했던 것처럼 문중은 절(絶) 자가 들어 있는 절룡령이라는 계곡에서 운중자의 통천신화주와 연등도인의 자금발우에 의해 목숨을 잃는다. 하지만 최후까지 은나라에 충의를 지켰던 문중의 역할은 독자들의 가슴에 싸한 아픔으로 남는다. 뇌부통령인 구천응원뇌신보화천존에 봉해진다.

■ 영수/흑기린(黑麒麟)

문중의 흑기린은 하늘을 날고 사람의 말을 이해할 뿐만 아니라 예지력까지 있어 주인의 최후까지도 예견한 뛰어난 영물이다. 절룡령 전투에서 뇌진자의 금곤에 파해되어 죽고 만다.

■ 보패/금편(金鞭)

자웅편으로도 불리는 이 채찍은 자웅 한 쌍의 교룡(蛟龍)이 변신한 것으로 휘두르면 천둥소리와 함께 바람을 일으키는 타격전용 무기이다. 살상력은 그다지 크지 않아서 이 금편에 맞아 죽은 사람은 없다. 강자아의 타신편과 부딪쳐 깨지고 만다.

余化 | 선계 · 절교 | 하계 · 은나라

여화

칠수장군 여화는 사수관의 장수였는데, 일찍이 봉래도의 도인 여원의 제자로서 육혼번이라는 독문의 보패로 이름을 날렸다.

그는 조가를 탈출하여 사수관에 당도한 황비호와 일곱 장수를 사로잡는 큰 공을 세운다. 하지만 그들을 호송하는 도중 나타에게 생애 첫 패배를 당하고 도망친다. 연꽃의 화신인 나타에게는 육혼번이 아무런 힘도 발휘하지 못했던 것이다.

여화는 이때의 복수를 위해 스승 여원에게 매달려 맹독을 지닌 화혈신도를 얻어 10년 만에 사수관으로 돌아온다. 이 화혈신도의 위력은 원수 나타를 마비시키고, 뇌진자까지도 중독시킨다.

이에 양전이 여화로 변신한 뒤 봉래도로 가서 여원에게 화혈신도의 독상을 치료하는 해독약을 얻어오니 화혈신도는 무용지물이 되고 만다. 결국 복수의 화신 여화는 다시금 나타의 복수극에 제물이 되었다. 훗날 군성정신의 고진성에 봉해진다.

■ 보패/육혼번(肉婚旛)

외양은 한 폭의 깃발이지만 이것을 흔들면 검은 연기가 피어나 상대의 혼백을 마비시킨다. 그러나 혼백이 없는 상대에게는 효력을 발휘하지 못한다. 통천교주의 육혼번과는 용도가 다르다.

■ 보패/화혈신도(化血神刀)

여원이 짧은 기간에 제작한 보패로, 이 단검에 스치기만 해도 즉사할 정도의 강력한 독기를 품고 있다. 하지만 연성기간이 짧아 대량 살상력은 없다. 이 보패에 놀란 태을진인이 나타를 삼두팔비의 괴인으로 변신시켜 준다. 절교도의 보패 제작기술이 뛰어남을 증명하는 보패이다.

九龍島 四聖 | 선계 · 절교

구룡도 사성

구룡도의 사성은 은나라 태사 문중의 청에 따라 장계방이 이끄는 서기 정벌군을 지원하기 위해 출도하였다.

그들의 이름은 각각 왕마(王魔) · 양삼(楊森) · 고우건(高友乾) · 이흥패(李興霸)였는데, 이들의 참전은 하계의 전쟁이 선계의 도술과 보패 싸움으로 확산시키는 계기가 되었다. 이때 경각심을 느낀 강자아는 사성을 구슬러 시간을 번 다음 옥허궁으로 가서 타신편과 행황기, 사불상을 지원받는다.

당시 서기 진영에는 이미 나타가 있었지만 양삼의 벽지주에 황비호와 용수호가 부상당하고, 강자아 자신도 고우건의 혼원주에 격중당해 위태로운 지경에 빠졌다. 이에 금타를 대동하고 나타난 문수광법천존이 왕마를 죽이고 강자아를 회생시켰다.

자신감을 회복한 강자아는 타신편으로 양삼을, 금타는 둔룡장으로 고우건을 봉신시키는 데 성공한다. 이에 하릴없이 도망치던 이흥패 역시 하산하던 목타의 오구검에 당해 목숨을 잃는다. 이들은 나중에 영소전을 지키는 사성대원수에 봉해진다.

■ 보패/개천주(開天珠)

상대에게 던져 맞힘으로써 타격을 주는 공격용 구슬이다. 사성이 사용하는 이 구슬은 공격 이외에는 다른 효능이 없는 기본적인 보패이다.

一聖九君 | 선계 · 절교

일성구군

금오도의 십천군으로 불리기도 하는 이들 열 명의 도인들은 태사 문중이 도움을 청하러 갔을 때 이미 모든 준비를 마치고 기다리고 있었다. 이들에게는 자신들의 도술로 이룩한 부진의 위력을 시험해보고 싶은 호승심이 있었던 것이다.

그들이 만들어낸 열 개의 부진을 십절진이라고 하는데, 대선의 도력이 아니고서는 도저히 파해할 수 없을 정도로 엄밀하고 강력하였다.

이들이 등장하자 바야흐로 천교와 절교의 힘겨루기가 시작된 것으로 인정한 옥허궁에서는 연등도인을 비롯한 곤륜의 십이대선을 파견되고, 육압도인도 합류한다.

이 십절진 파해과정에서 천교측의 등화 · 한독룡 · 설악호 · 소진이 목숨을 잃고, 중립을 지키던 오이산 산인인 교곤 · 조보, 갓 서기에 귀의한 방필 · 방상 형제까지 목숨을 잃는다.

그렇지만 천교의 대선들에 의해 차례차례 열 개의 부진이 파해되면서 일성구군도 모두 봉신되는 신세가 되고 만다. 그들은 사후 뇌부 24위의 천군 정신에 봉해진다.

■ 부진/십절진(十絶陣)

진천군의 천절진	천둥 번개에 맞아 몸이 부서진다.
조천군의 지열진	번개와 화염으로 불태워져 목숨을 잃는다.
동천군의 풍후진	바람과 불길을 조정하는 군대에게 몸이 조각난다.
원천군의 한빙진	칼날과 같은 빙산에 몸이 으깨진다.
손천군의 화혈진	검은 모래를 뒤집어써 몸이 혈수가 된다.
백천군의 열염진	세 종류의 불길에 휩싸여 재로 변한다.
요천군의 낙혼진	천지의 기운이 변화한 모래에 맞아 혼백이 부서져 흩어진다.
왕천군의 홍수진	붉은 물을 뒤집어써 몸이 핏물이 된다.
장천군의 홍사진	칼과 같은 붉은 모래에 맞아 몸이 부서진다.
금광성모의 금광진	마술 거울에 비춰져 몸이 핏물이 된다.

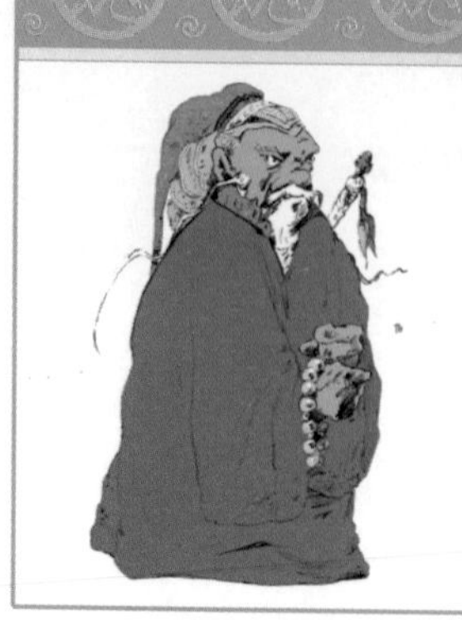

通天教主 | 선계 · 절교

통천교주

통천교주는 절교의 교주로서 벽유궁에서 제자들을 키워낸다. 그는 인간으로서 선인이 된 제자만을 거느린 천교와는 달리 인간은 물론 천지만물의 정화를 받은 모든 선인과 도사, 요괴까지도 포용하였다. 이런 관점에서 보면 그의 지도력은 원시천존보다 한 수 위이다.

본래 신계를 창설하는 봉신계획의 문서 봉신방은 원시천존과 절교 교주 통천교주, 그리고 서방의 준제도인이 합의하에 서명한 것이다. 때문에 그는 문도들에게 봉신이 끝날 때까지 동부에 머물며 하계의 사건에 관여하지 말도록 명한다. 섣불리 나섰다간 봉신될 수도 있음을 경고한 것이다.

때문에 광성자가 문도인 화령성모를 봉신시키고 사과하러 왔을 때 복수하려는 벽유궁의 선인들을 꾸짖어 돌려보냈던 것이다. 그런데 휘하의 대선인 다보도인이 봉신과정에서 천교보다는 절교의 도인들이 엄청나게 많이 살륙되고 있음을 보고하며, 여기에 옥허궁의 음모가 있음을 상기시킨다.

이에 통천교주는 양측이 비슷하게 희생되는 것이 마땅하다는 판단하고 주선진을 만들어 동벌군의 앞길을 막아선다. 당연히 강자아 편에 있을 천교측의 선인들을 겨냥한 것이다. 이로써 선계대전이 본격적으로 벌어진다.

주선진의 근원인 수미산의 보검은 애당초 서방의 몫으로 옛날 태상노군이 통천교주에게 반환을 의뢰한 것이었다. 그런데 이 검이 엉뚱하게 살륙의 도구로 쓰이게 되자 어쩔 수 없이 태상노군이 현도에서 나오고, 원래 검의 주인인 서방의 준제와 접인도인까지 합세한다.

이 싸움에서 패배한 통천교주는 다시 만선진으로 권토중래를 꾀하지만 도력의 차이와 제자의 배신이 맞물려 연패의 아픔을 겪는다.

이에 분개한 그는 영진포일술이라는 극도의 도술을 발휘하여 동귀어진을 도모한다. 이것은 도 자체를 무력화시키는 일이라 현도와 옥허궁은 물론 도교 자체의 파멸을 촉진하는 것이었다. 이 도술이 발휘되면 태상노군과 원시천존도 어찌할 수 없게 된다.

이 극적인 순간에 세 선인의 스승인 혼돈씨 홍균도인이 등장하여 사태를 원만하게 수습해주었고, 선계의 싸움은 대단원의 막을 내린다.

■ 보패/사보검(四寶劍)

수미산을 네 개로 갈라 보검으로 만들어 보관한 것으로 각각 주선검 · 육선검 · 함선검 · 절선검이라는 명칭을 가지고 있다. 도력이 아닌 천지자연의 정기가 응축되어 이루어진 보검이므로 어떤 선인도 대항할 수 없다. 다만 태상노군과 원시천존, 서방의 두 교주만이 그 정기를 억누를 수 있을 뿐이다.

■ 보패/자전추(紫電鎚)

자성을 띤 금속제의 쇠망치로 손에 쥐고 때리는 것이 아니고 던져서 사용하는 것이다. 던지면 반드시 목표물을 맞히고 타격과 함께 격렬한 뇌격을 준다.

■ 보패/육혼번(六魂旛)

여섯 개의 꼬리〔六尾〕를 가진 깃발로 기면(旗面)에 상대의 이름을 써놓고 주문을 외우면, 어떠한 상대든 죽일 수 있는 사기가 발휘된다. 통천교주가 주선진에서 패한 후 태상노군 · 원시천존, 서방의 두 교주, 무왕과 강자아 등의 이름을 적은 육혼번을 연성하여 만선진에서 일격에 그들을 제압하려 했지만 장이정광선의 배신으로 실패하고 만다. 싸움이 끝난 뒤 태상노군이 그 위력을 시험해보니 연성 기간이 짧아서인지 큰 위력은 없었다.

■ 영수/규우(規牛)

통천교주의 탈것으로 작은 소의 모습으로 추측된다. 태상노군의 탈것이 청우임을 상기하면 통천교주의 권위나 도력 또한 그에 못지 않음을 예시하는 것으로 보인다.

趙公明 | 선계 · 절교

조공명

조공명은 아미산 나부동의 선인으로 과거 인연이 있던 태사 문중의 지원 요청을 받자 흔쾌히 몸을 일으킨다. 그의 도력은 매우 높아 천교측이 지열진의 조강을 갈댓집에 매달아놓자 그에 분개해 황룡진인을 사로잡아 깃대 끝에 매달아놓기까지 한다.

그에게는 옛날 자신에게 도를 깨닫게 해준 정해주라는 구슬이 있었는데, 이 보패가 시전되면 천교의 십이대선은 물론 연등도인조차 상대가 되지 않았다. 하지만 이 정해주는 오이산의 산인 소승에게 빼앗겨 연등도인의 품으로 들어간다.

이에 분개한 조공명은 삼선고의 보패 금교전을 빌려와 연등도인의 매화록을 베는 등 천교측을 괴롭힌다. 그런데 이 와중에 수인씨의 제자인 육압도인이 나타나 강자아에게 정두칠전서라는 목간을 주어 주술을 행하도록 한다. 그로 인해 정식 신선이었던 조공명은 스스로도 이해할 수 없는 억울한 죽음을 당하고 만다. 훗날 금룡여의부의 통령에 봉해진다.

■ 보패/박룡삭(縛龍索)

용을 잡아두는 포승으로, 살상 능력은 없지만 상대를 반드시 사로잡는 효력이 있다. 천교측 선인 구류손이 사용하는 곤선승과 성격이 비슷하다.

■ 보패/정해주(定海珠)

본래 태상노군의 거처인 현도를 지켜온 광대무변한 법력을 지닌 보물이다. 조공명이 이것을 공격용으로 사용하는데, 정해주를 공중으로 던지면 엄청난 섬광이 발휘되면서 상대의 시선을 흐트러뜨리므로 이차공세를 취하기에 적격이었다. 연등도인이 이 구슬을 보고 도를 다 이루었다고 말할 정도였으니 대단한 신물임에 틀림없다.

雲霄娘娘 | 선계 · 절교

운소낭랑

조공명에게는 동해 삼선도에서 수행하는 세 명의 여동생이 있었는데, 그들이 각각 운소 · 벽소 · 경소낭랑이다.

세 선녀가 모두 도력은 깊었지만, 특히 맏이인 운소낭랑이 제일 뛰어났다. 그녀는 사려가 깊고 식견이 높아 일찍이 연등도인과도 교파를 초월하여 교유할 정도였다.

그녀가 선계의 싸움에 휘말리게 된 것은 오빠인 조공명의 죽음 때문이었다. 애초에 운소는 삼교의 합의 아래 봉신계획이 실행에 옮겨지자 동부에 들어가 은거하라는 통천교주의 가르침을 상기하면서 오빠에게 분쟁에 끼여들지 말라고 설득한다. 하지만 이 충고를 간과한 조공명이 결국 봉신되자 그는 더욱 통천교주의 뜻을 따르려 한다.

하지만 이때 신공표와 함지선이 나타나 삼선고의 참전을 적극적으로 권유하니 운소는 내키지 않았지만 벽소와 경소낭랑이 흥분하여 달려나가자 어쩔 수 없이 그들의 뒤를 따른다.

운소는 참혹한 조공명의 시신을 보고도 냉정한 자세를 잃지 않는다. 하지만 그녀가 적극적으로 싸움을 결심한 것은 강자아를 비롯한 곤륜 문인들의 기습 때문이었다.

이후 그녀는 두 동생과 함께 보패 금교전과 혼원금두를 운용하여 연일 승리를 거두었으며, 마침내 구곡황하진이라는 절세의 부진으로 곤륜 십이대선은 물론 양전과 금타, 목타 등을 사로잡는 위력을 발휘한다. 이 사태로 인하여 삼교가 합의한 봉신계획이 물거품이 될 위기에 봉착한다.

이렇게 되자 천교의 대장 원시천존이 하강하고, 현도의 태상노군까지 등장하여 세 선녀를 봉신시키기에 이른다. 삼선고는 선고정신으로 봉해져 모든 인간의 윤회전생을 관장하게 되었다.

■ 보패/혼원금두(混元金斗)

외형에 대한 설명은 없지만 '두(斗)'라는 글자가 있는 것으로 보아 항아리 모양으로 짐작되는데, 빙글빙글 돌면서 상대를 빨아들이고 반대로 뱉어내는 능력이 있다. 십이대선은 이 혼원금두에 걸려든 다음 구곡황하진에 떨어져 도력의 상징인 이마 위의 삼광(三光)을 잃는다.

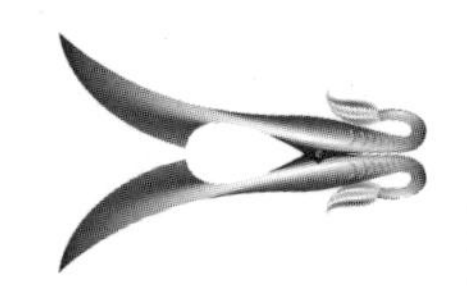

■ 보패/금교전(金蛟剪)

겉모습은 거대한 가위 모양으로 삼선도 근처에 살던 자웅한 쌍의 교룡을 잡아 보패화한 것이다. 원래 생물이기 때문에 스스로 상대를 쫓아갈 수 있다. 다만 사기(邪氣)가 있으므로 상서로운 무지개를 싫어하고, 행황기같이 성스러운 깃발에는 감히 범접하지 못한다.

呂岳 | 선계 · 절교

여악

여악은 화룡도 성명동의 도인으로 기주후 소호의 서기 정벌군에 투신하여 제자들과 함께 초반 연승을 거두며 희희낙락한다. 하지만 곤륜 문인들의 차륜전법에 의해 패배하자 서기성을 초토화시킬 생각으로 역병균을 성내 우물에 풀어놓는다.

천교의 도술은 역병과 같은 세균성 도술에는 대항할 수 없었기에 서기성은 바야흐로 풍전등화의 위기에 봉착한다. 이때 옥정진인의 조언에 따라 양전이 천계에서 약초를 얻어와 위기를 넘긴다.

이에 화가 난 여악이 사면에서 서기성을 공략하였지만 옥정진인과 양전, 나타 등의 기습에 휘말려 제자들을 모두 잃고 권토중래를 꿈꾸며 어디론가로 사라진다.

훗날 여악은 강자아가 이끄는 동벌군이 천운관에 다다랐을 때 다시 나타난 역병을 포함한 온황진을 펼쳐 천교의 선인들을 궁지로 몰아넣는다.

이때를 맞추어 청허도덕진군의 제자인 양임이 하산하여 오화신염선으로 온황진을 모두 태워버리자 여악도 그 불길에서 벗어나지 못하고 봉신되고 만다. 그는 온부의 주장온황호천대제로 임명되어 하계의 역병과 같은 재난을 관장하게 된다.

■ **보패/온단(瘟丹)**

우물이나 냇물에 살포하여 적을 역병에 걸리게 만드는 세균 병기로 때로는 대량 살육도 가능한 무서운 보패이다. 도술로는 상대할 수 없다.

■ **보패/온황산(瘟癀傘)**

온황진 내부에 설치된 우산. 적이 가까이 다가오면 역병의 독을 포함한 붉은 모래를 뿌린다. 이 홍사에 맞으면 상대는 역병에 걸려 바로 죽음에 이른다.

馬元 | 선계 · 절교

마원

마원은 은홍이 기주후 소호의 서기 정벌군에서 싸울 때 신공표의 부탁을 받고 나타난 고루산 백골동의 도인이다.

그의 형상은 실로 무시무시하다. 눈과 코, 귀에서 불을 뿜어내고, 송곳니가 튀어나왔으며, 해골로 된 염주를 목에 두르고 있다. 게다가 등 뒤에서 괴수가 뻗어나와 상대를 사로잡은 뒤 찢어죽이고 그것을 우적우적 씹어먹는 광경에서는 저절로 몸서리가 처진다.

타신편에 맞아도 타격을 입지 않고, 곤륜 문인들의 협격도 무용지물이다. 이에 양전이 설사약을 먹은 염소로 변신하여 잡아먹으니, 마원은 설사 때문에 싸울 엄두를 내지 못하나 이는 미봉책에 불과했다.

서기군이 전전긍긍하고 있을 무렵 지원을 나온 문수광법천존이 강자아에게 마원이 서방에서 도망친 야차임을 밝히고 갓난아이를 좋아하는 그의 약점을 공략하기로 한다.

이에 강자아가 마원을 끌어낸 다음 문수광법천존으로 하여금 목을 베려하자, 그때 준제도인이 나타나 문수광법천존의 행동을 저지하고 서방으로 데려간다.

羅宣 · 劉環 | 선계 · 절교

나선 · 유환

나선과 유환은 신공표의 요청에 따라 은교를 돕기 위해 찾아온 절교의 도인들이다. 그들은 불을 다스리는 데 일가견이 있는데, 특히 나선은 삼두육비로 변할 수 있을 만큼 도력이 뛰어난 인물이다.

그들은 서기군과 몇 차례 전투를 치른 뒤 특유의 보패를 사용하여 서기성을 불바다로 만들어버린다. 나선이 쏘아대는 만리기운연과 오룡륜, 유환의 만아호에서 튀어나온 불까마귀들은 강자아와 다른 곤륜의 선인들이 도저히 손을 쓸 수 없을 정도로 서기성을 유린해버린다. 이에 무왕은 자신의 덕이 부족함을 한탄한다.

이로써 강자아로 대변되는 서기의 야망은 한순간에 스러질 것만 같은 분위기였다. 그러나 이때를 기다리던 인물이 있었으니 바로 불의 천적 물의 도술을 쓰는 선녀 용길공주였다. 그녀의 등장으로 인해 전황은 한순간에 역전된다.

용길공주의 무로건곤망은 일시에 불을 꺼버리고 사해병은 상대의 보패를 모두 흡수해버린다. 또한 이룡검은 유환의 목숨을 취해버린다. 겁에 질린 나선이 정신없이 도망쳤지만 그의 앞에는 이정의 영롱탑이 기다리고 있었다. 이는 아무리 극강의 선인이라도 천적을 만나면 어쩔 수 없음을 보여주는 대목이 아닐 수 없다.

나선과 유환은 각각 하계의 불을 관장하는 화부의 남방삼기화덕성군정신과 접화천군에 봉해진다.

■ 보패/만리기운연(萬里起雲煙)

일종의 불화살로 선술의 힘으로 강화된 것이다. 인간이나 선인을 목표로 쏠 수 있지만, 성이나 건물에 사용하는 것이 더 강력하다. 원거리에서 빗발치듯 쏘아대니 당하는 쪽에서는 불바다가 될 수밖에 없다.

■ 보패/만아호(萬鴉壺)

유환의 보패로 불까마귀라는 불꽃 정령이 들어 있다. 뚜껑을 열면 무수한 불까마귀들이 날아나와 불과 연기를 내며 주위를 불바다로 만들어버린다.

■ 보패/오룡륜(五龍輪)

수레바퀴 모양의 보패로 다섯 마리의 화룡이 달려 있다. 이것이 풍차처럼 회전하면서 사방으로 불꽃을 뿜어낸다.

火靈聖母 | 선계 · 절교

화령성모

화령성모는 절교의 선인으로 천교의 광성자와 함께 천교와 절교의 싸움을 촉발시킨 장본인이라고 할 수 있다.

당시 강자아의 동벌군은 사수관 공략에 앞서 홍금으로 하여금 가몽관을 치게 하였다. 가몽관의 총병 호승은 엄청난 주나라의 대군을 보고 싸울 마음이 없었다. 하지만 도술을 지닌 동생 호뢰의 강권 때문에 어쩔 수 없이 전투에 돌입한다. 그러나 호뢰는 이 싸움으로 목숨을 잃고 만다.

이를 빌미로 호뢰의 스승인 화령성모가 전투에 개입하는데, 그녀는 3천 명의 병사를 화룡병으로 조련시킨 뒤 동벌군 진영을 급습하여 대승을 거둔다. 이 싸움에서 홍금과 용길공주는 신형을 감추는 화령성모의 금하관 때문에 부상을 당하기까지 한다.

이에 사수관 앞에 진을 치고 있던 강자아가 직접 원병을 이끌고 왔지만 오히려 화령성모에게 목숨을 잃을 위기에 처한다. 이때 홀연 광성자가 나타나 번천인으로 그녀를 봉신시켜버린다.

이 화령성모의 죽음은 벽유궁에 있던 절교 선인들을 분노케 하여 하계의 싸움이 선계의 대전으로 비화되는 계기가 되었다. 훗날 군성정신의 화부성에 봉해진다.

■ 보패/금하관(金霞冠)

여성의 머리에 장식하는 관(冠)의 형태를 띠고 있는데, 도력이 발휘되면 사방 15리를 황금빛으로 채워 상대의 시선을 가로막는다. 이때를 틈타 상대를 공격하거나 도주할 수 있다.

선계 · 절교

벽유궁의 대선들

절교의 총본산 벽유궁(碧遊宮)에는 교주 통천교주를 비롯하여 수많은 도인들이 수도하고 있다. 절교의 2인자는 다보도인이고, 그 밑에 문중의 스승인 금령성모와 귀령성모 · 영아선 · 규수선 · 무당성모 · 비로선 등이 일가를 이룰 만큼 빼어난 도력을 지닌 선인들이 포진하고 있다.

이들은 화령성모를 봉신시킨 광성자의 만행과, 그녀의 시체를 벽유궁에 보낸 신공표의 계산에 따라 통천교주를 설득하여 천교와 실력 대결을 시작한다. 이 결과 절교는 천교에 완패하고 말았다. 이는 상대적으로 뛰어난 천교측 선인들의 실력과 더불어 서방의 교주들이 천교의 편에 섰기 때문이다.

주선진에 뒤이은 만선진 싸움에서 벽유궁의 대선들 중 오운선 · 규수선 · 영아선 · 금광선은 본신을 드러내는 수치를 당한 뒤 서방으로 끌려가고, 장이정광선과 비로선은 자신들의 의지에 따라 서방으로 귀의한다. 또 금령성모와 귀령성모까지 봉신되니, 목숨을 건진 것은 무당성모와 금고선뿐이었다.

이 만선진을 마지막으로 절교의 선인들은 하계에서 자취를 감춘다. 그들은 홍균도인의 조언에 따라 벽유궁에 은거하여 도를 닦으며 훗날 서방에서 몰려올 불교를 맞이할 준비를 한다.

■ 보패/사상팔괘의(四象八卦衣)

귀령성모의 보패로 붉은 도복 모양인데, 거의 모든 공격용 보패를 무력화시킬 수 있다.

■ 보패/건곤일월주(乾坤日月珠)

귀령성모의 보패로 천지와 일월의 기운을 갈무리한 구슬이다. 투척하여 상대에게 타격을 입히는 보패이다.

■ 보패/금고(金箍)

금고선의 보패로, 금속 바퀴 모양인데 던지면 상대 머리에 끼워져 엄청난 고통을 준다. 만선진에서 황룡진인이 이 보패에 당해 시련을 겪다가 원시천존에 의해 구원을 받는다. 『서유기』에서 손오공의 머리에 끼워진 고리와 비슷한 무기이다.

紂王 | 하계 · 은나라

주왕

주왕은 은나라 31대 왕이며 아명은 계자, 태자로 임명되고는 수왕(受王)으로 불렸다. 수왕, 이는 곧 '왕위를 물려받을 사람'이라는 뜻이다. 태어나면서 이변이 있었기에 비간을 비롯한 몇몇 중신들은 그가 태자가 되는 것을 저어했지만 수왕은 '탁양환주(托梁換柱)'의 일로 반대파의 입을 깨끗이 틀어막았다.

그것은 언젠가 제을황제와 신하들이 꽃을 감상하고 있는데 지진이 일어나 정자의 대들보가 황제를 덮치려 하자 수왕이 재빨리 그 들보를 받치고, 옆에 있던 기둥을 잡아당겨 위기를 모면케 한 일이다.

그로부터 5년 후 수왕이 왕위에 올랐으니 바로 주왕이다. 그는 처음 얼마가는 맹수를 맨손으로 때려잡을 정도의 힘과 명석한 두뇌로 은나라를 태평성대로 이끈다.

하지만 그에게는 교만함과 여색을 밝히는 성정이 있었다. 그러나 이도 태평성대에는 흠이 되질 않았다. 그러나 어찌하랴! 천명이라는 회오리에 휘말리니 그 모든 것이 악업의 상징처럼 보였다.

문중이 북해 원정을 떠나자 재상 상용은 그에게 여와궁 참배를 권한다. 그런데 이것이 커다란 실책이었다. 아름다운 여와의 성상을 목도한 주왕은 몸이 떨릴 정도의 색욕을 느끼고 선녀를 모독하는 시를 써놓는다. 이에 분개한 여와낭랑은 삼요를 궁궐로 들여보내 그를 미혹시키도록 한다.

이때부터 달기의 요력에 놀아난 주왕은 폭정과 혼음난무를 즐기는데, 실제로 『사기』에는 녹대 · 포락형 · 주지육림과 숙부인 기자를 노예로 만들고, 비간의 심장을 도려냈다는 기록이 남아 있다.

소설에서는 여기에 도를 더해 충신들을 학살하고, 채분을 만들어 궁인들을 집어넣었으며, 황후에게 혹형을 가해 죽이고, 신하의 아내를 범하는 등 패륜의 죄에다 왕자인 은교와 은홍의 처형을 명하는 등 거의 광인으로 묘사되고 있다. 사후 군성정신의 천희성에 봉해진다.

妲己 | 하계 · 요괴

달기

기록에 의하면 절세미인 달기는 지방의 소제후인 유소씨의 딸이었지만 『봉신전설』에는 천년 묵은 여우 구미호리정의 화신으로 그려진다.

이 요괴 달기가 궁궐에 들어가 주왕을 미혹하니 그날로부터 황제는 밤낮으로 음욕을 채우느라 정사를 제쳐놓는다. 이에 종남산의 선인 운중자가 거궐이란 신검을 주왕에게 주어 요기를 제압하려 했지만 달기를 들여보낸 여와낭랑의 방해로 실패하고 만다. 이후 달기는 주왕을 꼬드겨 포락형과 채분을 만들게 하고, 여러 충신들을 죽이도록 꼬드긴다. 그리하여 주왕의 모든 악업 뒤에는 그녀의 존재가 확실하게 부각되는 것이다.

소설의 말미에 달기 자신이 요괴인 줄 알면서도 진정으로 자신을 사랑해준 주왕에 대하여 감격해하는 모습을 보인다. 그리하여 삼요(三妖)는 마지막으로 그런 황제를 위해 칼을 들고 동벌군의 진영을 습격하기까지 한다.

하지만 양전과 위호 등에게 쫓기다 여와낭랑의 배신으로 사로잡힌 그녀는 목타의 오구검에 의해 목이 잘려 최후를 맞는다.

하지만 달기는 그때 완전히 죽지 않았는지 일본으로 건너가 '옥조전(玉藻前)' 이라는 이름으로 재차 악행을 저질렀다고 한다. 이른바 '금모구미호(金毛九尾狐)' 라는 일본 전설의 일절이다.

比干 | 하계 · 은나라

비간

비간은 제을황제의 동생이며 주왕의 숙부로 부재상격인 아상이었다. 정치력이 매우 뛰어나서 상대부 매백과 재상 상용이 비명에 죽은 뒤 은나라의 조정을 이끌던 인물로 주왕의 불의를 책망할 정도로 힘을 가지고 있었다. 그러나 요부 달기의 사주에 넘어간 주왕이 비간의 심장을 도려내는 악행을 저지른다. 그로 인해 비간은 조카에 의해 죽음을 맞았고, 주왕은 '숙부를 살해한 군주' 라는 악명을 얻게 된다.

하지만 비간은 심장을 잃고서도 금방 죽지 않았다. 이 사태를 예견한 강자아가 부적으로 그의 혼백이 떠나가지 않도록 미리 조처했기 때문이다. 이후 도력이 뛰어난 문중이 북해에서 돌아오면 그의 목숨을 건질 수 있으리라 의도했던 것이다.

그러나 안타깝게도 비간은 북쪽으로 가던 중 무심채를 파는 노파를 만나 강자아가 신신 당부한 금기를 스스로 깸으로써 무심(無心)한 채 죽어갔다.

도가에서 말이란 강한 주술적 힘을 지닌다. 노파가 던진 '심장이 없으면 죽는다' 는 말 한마디에 강자아가 조처한 부적이 효력을 상실하였고, 비간은 말에서 굴러 떨어져 숨을 거둔다. 안타깝게도 그 직후 문중이 돌아왔으니, 비간의 죽음은 아무래도 천수였던 모양이다. 북두성관의 문곡성에 봉해진다.

費仲 · 尤渾 | 하계 · 은나라

비중 · 우혼

비중과 우혼 두 사람은 간대부로서 주왕의 잘못을 간언하는 직책에 있었다. 마치 조선시대의 사간 벼슬과 마찬가지로 제왕의 행동거지를 감시하는 역할이었다. 하지만 이들 간신은 이런 책무를 저버리고 주왕의 환심을 사기에 급급하였으며, 사리사욕을 챙기기에 전력하였다.

대개의 간신들이 그렇듯이 충신들을 모함하고, 제후들을 협박해 엄청난 부를 축적하였다. 달기가 궁중에 들어오도록 부추긴 것도 실은 강직한 소호를 궁지에 몰려는 이들의 잔꾀가 개입된 것이었다.

이들은 달기와 짜고 강황후를 모살하는 데 앞장섰으며, 서백후 희창을 죽이기 위해 갖은 모략을 다 쓴다. 하지만 이들의 천적은 태사 문중이었다.

두 사람의 간악함을 경계한 문중은 노웅의 서기 토벌군에 그들을 동행시켜 결국 기산에서 얼어죽게 만들었다. 실로 간신배의 최후는 비참하다는 것을 보여주는 장면이 아닐 수 없다. 두 사람은 각각 군성정신의 구교성과 권설성에 봉해진다.

飛廉 · 惡來 | 하계 · 은나라

비렴 · 악래

비중과 우혼이 조정에서 사라지자 뒤를 이어 비렴과 악래라는 인물이 나타나 주왕의 총애를 독차지한다.

그들은 주나라의 동벌군이 조가로 몰려드는 상황에서 현상금을 내걸고 장수들을 모집한다. 이때 원홍을 비롯한 매산칠괴와 고명, 고각 등이 부응하여 참전하게 된다.

본래 요괴들은 상금이나 지위에는 관심이 없었고, 만선진에서 죽은 동료들의 복수에 골몰하였다. 이 때문에 그들에게 내려진 상금은 모조리 비렴과 악래의 차지가 되었다.

결국 모여든 장사들이 맹진과 목야 전투에서 모두 죽고 동벌군이 조가로 몰려들자 이들은 황제를 상징하는 옥새를 훔쳐 달아난다. 그리곤 새로운 왕조가 안정될 무렵 서기에 나타나 옥새를 바치며 무왕에게 벼슬을 구하는 파렴치한 모습을 보인다.

그러나 이들의 의도는 강자아에 의해 물거품이 되고 만다. 봉신의 최종 절차를 진행하던 강자아가 신공표 대신 두 사람을 봉신시켜 쓰레기를 처리 · 해체하는 빙소와해의 신에 봉해버렸기 때문이다.

張奎 · 高蘭英 | 하계 · 은나라

장규 · 고란영

동벌군이 오관을 돌파하고 맹진에 이르기 위해서는 작은 면지성을 넘어야만 하였다. 하지만 이 면지성은 여태까지의 어떠한 관문보다 단단하였으니, 바로 총병 장규와 그의 아내 고란영이 버티고 있었기 때문이다.

이 면지성 전투에서 동벌군은 엄청난 타격을 입는다. 우선 먼저 맹진에 도달했다가 지원을 나온 숭흑호와 황비호, 비봉산의 장수 세 사람이 바람처럼 빠른 장규의 영수 독각흑연수와 고란영의 태양신침에 휘말려 허무하게 목숨을 잃는다.

이에 분개한 양전이 변신술을 이용하여 독각흑연수와 장규의 모친을 살해한다. 아무리 복수심에 불탔다지만 이 대목에서 아무런 인과관계가 없는 장규의 모친까지 죽인 것은 이해할 수 없는 대목이다.

아무튼 모친과 영수를 잃고 분노한 장규는 양전을 지목해 도전하지만 나타가 나가 구룡신화조로 태워 죽이려 한다. 하지만 장규에게는 비장의 지행술이 있어 땅속으로 들어가 위기를 넘기자 호승심이 생긴 토행손이 빈철곤을 들고 땅속으로 들어가 그 뒤를 쫓는다.

여기에는 장중안을 가진 양임과 항마저의 주인 위호까지 가세한다. 이 첫번째 지행술 대결은 무승부로 끝나지만 두번째 대결에서 바위까지 뚫고 들어갈 수 있는 장규가 토행손을 척살한다. 이어 남편의 죽음에 흥분하여 출전한 등선옥도 고란영의 태양신침에 찔려 목숨을 잃고 만다.

이때 토행손 부부의 죽음을 예견했던 구류손은 동자를 시켜 지지성강부를 보내온다. 이에 강자아는 직접 장규를 유인하고 양전과 양임, 위호를 동원하여 황하가에서 장규를 죽임과 동시에 면지성을 총공격하였다.

뒤늦게 남편 장규의 죽음을 알게 된 고란영은 저항을 포기하고 뇌진자의 금곤에 맞아 역시 숨을 거둔다. 장규와 고란영은 각각 군성정신의 칠살성과 도화성에 봉해진다.

■ 보패/태양신침(太陽神針)

고란영의 보패로 붉은 호리병 안에 담겨 있는 49개의 바늘 보패이다. 주문을 외우면 이 침이 폭사되어 상대의 눈을 찔러 시력을 빼앗는다.

■ 영수/독각흑연수(獨角黑煙獸)

장규의 탈것인 독각흑연수는 뿔이 하나인 유니콘의 모습이다. 특별한 도력은 없지만 속도가 엄청나게 빨라 미처 대응하기 힘들었으므로 동벌군의 지휘부를 중군으로 옮기게까지 한 영수이다.

魔家四將 | 하계 · 은나라

마가사장

마가사장이란 가몽관의 장수들인 마씨 사형제를 이르는 말로 그 이름은 각각 마례청 · 마례홍 · 마례해 · 마례수이다.

이들이 각각 운용하는 청운검 · 혼원산 · 흑비파 · 화호초는 개개의 능력이 경천동지할 위력을 지녔을 뿐만 아니라 서로 연계하면 그 누구도 제어할 수 없는 보패이다.

의도적으로 하계의 전쟁에서 도술을 회피했던 태사 문중이 이들을 서기 정벌군으로 파견한 것은 강자아가 이끄는 서기를 초토화시키지 않으면 은나라가 무너지고야 말 것이라는 고뇌의 결과였다.

초기 마가사장은 엄청난 파괴력으로 서기군을 괴롭힌다. 이들은 훗날 불문을 수호하는 사천왕이 될 몸이었기에 강자아의 타신편도 아무런 효과가 없었다. 때문에 강자아가 절망에 빠져 있을 무렵 양전과 황천화라는 걸출한 인재가 서기측에 합류한다.

양전은 구전원공과 72가지 변신술의 대가였기에 초전에 화호초를 죽이고 이 괴물로 변신하여 적진에 잠입한 다음 마가사장의 나머지 보패들도 훔쳐 내온다. 그 뒤를 이어 나타난 황천화는 고전 끝에 스승이 전해준 보패 찬심정으로 이들을 모조리 척살하였다.

마가사장은 불가에 귀의하여 증장(增長) · 광목(廣目) · 다문(多文) · 지국(持國)의 사천왕에 임명된다.

■ **보패/청운검(青雲儉)**

마례청의 보패로 풍화지수(風火地水)의 부인(符印)을 지닌 보검이다. 한 번 휘두르면 불과 바람 속에 무수한 칼날이 쏟아져 인마를 살상한다.

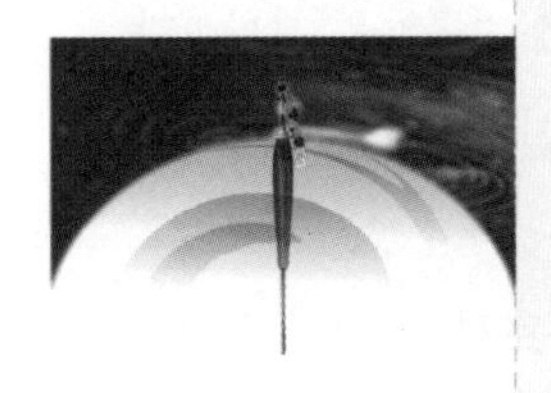

■ **보패/혼원산(混元傘)**

마례홍의 보패로 수많은 구슬로 장식된 우산이다. 한 번 펴면 주위가 캄캄해져 해와 달이 그 모습을 감추고, 그것을 휘돌리면 천지가 진동하며 적의 보패를 빨아들이는 효력이 있다.

■ **보패/흑비파(黑琵琶)**

마례해의 보패로 풍화지수라는 네 개의 현을 가진 비파이다. 불과 연기 그리고 세찬 바람을 일으켜 상대를 혼란에 빠뜨리며 음파로 사람을 죽일 수 있다.

■ **보패/화호초(花狐貂)**

막내 마례수의 보패로 조그마한 흰 담비 모양인데, 주머니 밖으로 나서면 날개를 가진 거대한 괴수가 되어 주위에 있는 사람들을 닥치는 대로 먹어치운다.

孔宣 | 하계 · 은나라

공선

등구공의 뒤를 이어 삼산관 총병이 된 공선은 은나라 최후의 서기 정벌군 대장이다. 금계령에서 동벌군의 앞을 가로막은 그는 동벌군이 맹진의 회맹에 합류하지 못하도록 하기 위해 시간을 끌 요량으로 지구전을 계획한다.

이에 몸이 단 동벌군이 섣불리 기습했다가 오색신광이라는 공선의 엄청난 도력에 참패를 당하고 만다.

이때 공선은 홍금을 비롯하여 뇌진자 · 나타를 사로잡고, 그의 부장 고계능은 황천화를 죽이는 전과를 올린다. 그 후 고계능에게 복수한 황비호와 숭흑호 등 오악의 장수들마저 그에게 사로잡히니, 겁에 질린 무왕은 강자아에게 동벌 포기를 권유하기에 이른다.

이때 천재도사 양전이 운중자에게 빌린 조요감으로 그의 본신을 파악하려 했지만 거꾸로 공선에게 지목당해 쫓기는 신세가 된다. 또한 위호는 보패 항마저, 이정은 영롱탑까지 빼앗기고, 금타와 목타는 생포된다.

이에 수인씨의 제자인 육압도인이 나섰지만 패배하고, 연등도인 역시 정해주를 빼앗긴 뒤 제자인 대붕금시조 우익선까지 동원했지만 결과는 마찬가지였다. 공선의 정체는 하늘이 열릴 때 도를 깨달은 공작으로 천황 때 도를 깨달은 우익선은 상대조차 되지 않았던 것이다.

하지만 공선은 미래에 도법과 불법의 수호자가 될 공작명왕의 화신이 될 것이었기에 결국 서방에서 달려온 준제도인에게 제압되고 만다.

이런 면에서 볼 때 『봉신전설』 전편에서 최강의 전사는 바로 공선이라고 보아도 무방하지 않을까 싶다.

丘引 · 陣奇 | 하계 · 은나라

구인 · 진기

구인은 청룡관의 총병으로 휘하에 진기라는 걸출한 무장을 거느리고 있었다. 그는 물고기인 두렁허리가 변신한 인물로 자신의 도력을 숨기고 평범한 장수로 복무하며 득도할 때를 기다리고 있었다.

황비호가 이끄는 동벌군은 이 청룡관에서 초기에 구인의 부장들을 척살하며 승세를 굳힌다. 이때 구인을 괴롭힌 서기의 무장은 '소비호'라 불리는 황천상이었다.

그로 인하여 구인조차 부상당하고 절망에 빠져 있을 무렵, 독량관 진기가 돌아와 대활약을 펼친다. 그에게는 황색 연기를 토하여 상대의 혼백을 빼앗는 도술과 쓰러진 적장을 생호하는 3천 명의 비호병대가 있었다.

진기는 동벌군의 부장 등구공을 사로잡아 참수하고, 황천록과 태란까지 포로로 사로잡는다. 하지만 황천상의 무예에 두려움을 품고 있던 구인은 결국 자제하던 자신의 본색을 드러내면서까지 황천상을 사로잡아 풍화형에 처한다.

하지만 이것은 그의 커다란 실책이었다. 이로 인해 천상의 죽음에 분개한 나타와 토행손 · 등선옥 · 정륜 등 곤륜의 문인들이 총출동하니 진기의 능력으로서는 도저히 이길 수 없었다.

결국 진기는 나타에 의해 봉신되고, 청룡관을 잃은 구인은 도망쳤다가 훗날 만선진 전투에 모습을 드러내지만 육압도인의 칼에 목숨을 잃고 만다.

구인은 군성정신의 관책성에 봉해지고, 진기는 온부의 권선대사에 봉해진다.

■ **보패/홍주(紅珠)**
구인의 보패로 정수리에서 날아오는 붉은 진주인데, 이것을 본 적은 혼백을 빼앗겨 정신을 잃고 만다.

梅山七怪 | 하계 · 요괴

매산칠괴

은주간의 전쟁이 막바지에 이를 무렵 비렴과 악래가 장수들을 모집하자 매산의 일곱 요괴들이 인간으로 변신하여 은나라의 장수로 참전한다.

제일 먼저 등장한 것은 원숭이 요괴 원홍(袁洪)과 뱀의 요괴 상호(常昊), 지뇌의 요괴 오룡(吳龍)이었다. 조요감으로 비추어 이들의 정체를 알게 된 양전은 뱀인 상호에 대해서는 지네로, 지네인 오룡에 대해서는 금계라는 천적으로 변신하여 격퇴한다. 이후 써레를 주무기로 하는 오문화가 이들과 합류하여 야습을 가하니 동벌군은 대패하고 양임과 사대금강이 죽는 등 엄청난 타격을 입는다.

그 뒤를 이어 멧돼지 요괴 주자진과 산양의 요괴 양현, 들개의 요괴 대례, 물소의 요괴 김대승 등이 은나라 진영에 합세하여 지속적으로 동벌군을 괴롭힌다.

그러나 이 요괴들은 천재도사 양전에 의해 하나하나 제압되었고, 대장격인 원홍은 끝까지 저항하다 여와낭랑의 산하사직도에 휘말려 생포되었다. 결국 원홍은 육압도인의 참장봉신비도에 의해 목숨을 잃고, 군성정신에 봉해진다.

文王 | 하계 · 주나라

문왕

훗날 문왕으로 추존된 서백후 희창은 본래 은나라의 삼공(三公, 대사 · 대부 · 대보) 가운데 한 사람으로 서기 땅에서 대륙의 서쪽 제후들을 관할한 인물이다.

그의 부친 이력(李歷)은 고공단부(古公亶父)의 셋째아들이었다. 그가 아들 창을 낳자 상서로운 조짐이 나타나 조부인 고공단부는 '주(周)가 융성하게 될 전조'라며 매우 기뻐하였다고 한다.

이에 이력의 두 형은 부친의 뜻을 알아채고 양자강 이남에 있는 만족의 땅으로 가버린다. 이렇게 해서 고공단보 사후 이력이 주공이 되었고, 고공이 세상을 뜨자 이력이 뒤를 잇더니, 그의 사후 자연스럽게 희창이 서백후의 지위를 이어받았다.

그는 선정을 베풀고 인재를 대우해 안팎으로 추앙을 받았다. 또한 역술에 정통하였는데, 당시의 정치인은 사제를 겸하였으므로 우수한 역술가는 곧 우수한 정치가라고 할 수 있었다.

당시 은나라의 군주인 주왕이 요악한 달기에게 미혹되어 폭정을 일삼자 이를 간언하던 악후가 살해되고, 삼공 중의 하나인 구주도 딸과 함께 죽음을 당한다. 또한 서백후는 투옥되고 만다.

이에 서기의 가신들은 주왕에게 미녀와 명마를 바치고 서백후의 사면을 청한다. 그러자 선물에 현혹된 주왕이 그를 석방하고 서방 제후의 통할권까지 주자 기회를 얻은 서백후는 주왕에게 낙서 지방을 바쳐 환심을 산 뒤 포락(炮烙)의 형벌을 폐하게끔 하여 민심을 얻는다.

이후 서백후는 태공망을 영입하고 주변 제후들의 분쟁을 조정하며, 악한 제후들을 토벌하는 등 자신의 세력을 암암리에 확장시켜 나간다. 또한 풍읍으로 도읍을 옮겨 혁명의 기초를 마련한다.

천도한 다음해 그가 세상을 떠나자 그의 뒤를 이어받은 아들 발(發)은 부친의 뜻을 받들어 마침내 주왕을 타도하고 주나라를 세운 뒤 무왕으로 즉위한다. 문왕은 의를 존중하고 백성을 아꼈기 때문에 유교에서 성인으로 추앙하고 있다.

『봉신전설』에 등장하는 서백후 희창 역시 역사적인 인물상과 크게 다르지 않다. 하지만 인품이 깊은 나머지 권모술수가 오가는 정치현실에는 잘 적응하지 못하는 성격을 내비친다.

강자아는 그에게 이와 같은 단점을 지적하고 시정하려 하였지만 이미 노년에 접어든 문왕으로서는 힘든 일이었다. 어쩌면 하늘이 내린 그의 역할은 은주역성혁명의 기초를 닦는 데까지였는지도 모른다.

武王 | 하계 · 주나라

무왕

문왕 사후 아들 희발은 동생 주공단, 승상 강자아 등과 더불어 9년 동안 민생을 안정시키고 군사력을 강화한다. 때가 이르자 그는 은나라 토벌의 기치를 높이 올리고 동쪽으로 진격을 개시한다.

무왕이 이끄는 주나라의 대군이 황하를 건널 때 여러 가지 상서로운 징조가 나타난다. 무왕이 탄 용선에 흰 물고기가 뛰어들어온 것이다. 또한 진홍빛 까마귀가 날아든다.

본래 중국의 각 왕조에는 '정색(正色)'이라고 하여 각기 상징 색깔이 있었다. 상은 흰색, 주는 적색이었다. 그러므로 흰 물고기가 뛰어들어와 희생된 것은 상 왕조의 멸망을, 진홍색 까마귀가 날아든 것은 주 왕조 시대의 도래를 암시하는 것이었다.

드디어 주나라 군대는 맹진에서 천하의 팔백제후들과 회동한다. 하지만 무왕은 은나라의 힘이 아직 남아 있음을 알고 회군한다. 2년 뒤 무왕은 제후들과 함께 다시 군사를 일으켜 조가로 진격한 끝에 목야 벌판에서 은나라의 대군을 격파하고 주나라를 건국한다.

이렇듯 무왕은 역사의 중심에서 활약한 인물이지만 『봉신전설』에서는 이렇다 할 활약을 보이지 않는다. 오히려 은나라의 태자 은교 앞에서 눈물 흘리며 자신의 책임을 회피하는 등 유약한 모습을 보일 뿐이다. 모든 영광은 오로지 태공망의 것이었다.

소설 속에서 무왕은 부친 이상으로 명분을 중시하는 인물로 묘사된다. 때문에 강자아가 그에게 역성혁명의 당위성을 알리고 제왕학을 가르쳤음에도 무왕은 동벌의 과정에서 수차례 철군을 언급하곤 한다. 어쩌면 이런 모습이야말로 감추어진 그의 정치력을 증명하는 게 아닐까 싶다.

실제 전쟁에서 맹진까지 갔다가 회군한 일을 소설상에서 표현되지는 않았지만 완전한 준비를 갖추고 대업을 도모하자는 무왕의 의견이 전혀 터무니없는 것은 아니었기 때문이다.

예를 들면 동벌 초기 국경인 금계령에서 공선에게 저지당하고, 선봉장인 황천화를 비롯하여 수많은 장수들이 봉신되어 누가 보아도 싸움을 계속하는 것은 무리라는 생각이 들었을 것이다.

물론 이 사태는 곤륜 선인들의 도움으로 해결되지만, 도교 중심의 이 소설에서 억지로 은폐하려 했던 무왕의 과단성이 은연중에 나타난 것이 아니었을까 여겨진다.

姬伯邑考 | 하계 · 주나라

희백읍고

희백읍고는 서백후 희창의 장남으로 매우 뛰어난 인물이었지만 달기로 인하여 비참하게 죽음을 당한다.

희창이 유리성에 유폐된 지 7년째가 되자 백읍고는 부친이 예언한 기간이 되었는데도 아무런 상황 변화가 없음에 번민하였다. 마음을 굳힌 그는 보물을 가지고 조가로 찾아가 주왕에게 부친의 석방을 탄원한다.

모든 일이 잘 되어가고 있다고 믿고 있을 무렵 달기가 방해자로 등장한다. 그녀가 미남인 백읍고에게 반하여 욕망을 품은 것이다.

달기는 거문고의 명수인 백읍고를 교습을 빌미로 유혹하는데, 그는 단호하게 거부한다. 이에 앙심을 품은 달기는 주왕으로 하여금 그를 살해하도록 하고, 그 육신을 저며 육병으로 만든 뒤 희창이 먹도록 한다.

그러나 역술의 명인인 희창는 그 떡이 사랑하는 자식의 살임을 알고 있었다. 하지만 그것을 먹지 않으면 그것을 빌미로 주왕이 자신을 죽이리라는 것까지 예견하고 있었으므로, 그는 눈물을 머금고 제 자식의 살을 먹는다.

그리하여 희창이 서기로 돌아왔을 때 그 입에서 세 마리의 토끼가 튀어나왔으니 바로 억울하게 죽은 백읍고의 화신이었다. 주의 신하들은 이것을 역성혁명의 전조로 받아들인다.

희창의 석방은 백읍고의 죽음으로써 비롯되었고, 그 소중한 장자의 희생이 있으므로 인해 주나라 전체가 역성혁명의 가치에 흔들림 없이 뭉치게 된다는 일종의 소설적 복선인 것이다.

아무튼 『봉신전설』의 전편을 엄밀하게 분석해보면 천명이니 천수니 하는 것의 이면에는 그에 상응하는 희생제의가 반드시 수반한다는 것을 알 수 있다. 봉신된 백읍고는 일월성신을 관장하는 중천북극자미대제에 봉해진다.

武吉 | 하계 · 주나라

무길

무길은 서기 영내인 반계 땅의 평범한 나무꾼이었다. 하지만 그는 위수가에서 바늘 없는 낚시를 드리우고 있는 어리숙한 노인을 만난 뒤로부터 인생이 바뀐다.

그 노인이 어느 날 무길에게 '너는 오늘 사람을 죽일 운명이다' 고 예언하자 무길은 얼토당토않은 소리에 화를 벌컥 내고는 여느 때와 마찬가지로 성안으로 땔나무를 팔러 간다.

그런데 마침 서백후의 행렬을 만나 좁은 길에서 몸을 비키려던 그가 지게에서 장작을 떨어뜨려 성문을 지키던 그 병사의 명치끝을 쳤다. 사람 목숨이란 얼마나 가벼운 것인지 그 서슬에 병사가 급사하고 말았다. 결국 무길은 살인죄로 체포되고 만다. 살인죄의 형벌은 곧 사형이다.

무길은 자신의 운명과 함께 노모를 생각하며 눈물을 흘린다. 이에 상대부 산의생이 그로부터 딱한 사정을 듣고 희창에게 아뢰어 가석방을 해준다. 모친의 살거리를 장만해준 다음 성으로 돌아와 형벌을 받으라는 조건이었다. 서백후 희창이 점술의 달인이었기에 달아난다는 것은 생각조차 할 수 없는 일이었다.

집에 돌아온 무길이 노모에게 저간의 정황을 설명하자, 노모는 위수가에 있는 노인에게 구원을 청하도록 권유한다. 그러자 그 노인은 자신만만하게 자신의 제자가 된다면 목숨을 구해주겠다고 말한다. 무길이 그 제안을 수락하자 노인은 선가의 도술로 희창의 점술을 속여 그를 살려준다.

그 뒤 현인을 찾아 헤매는 희창 일행과 우연히 마주쳐 체포된 무길은 그들에게 모든 전후 사정을 솔직히 이야기한다. 그렇게 해서 희창은 현인 강자아를 얻을 수 있게 된다.

이후 무길은 주나라의 무장으로서 강자아의 지근에서 복무하게 되지만 그다지 큰 활약은 보이지 못한다. 다만 따스한 인간적 풍모만을 보여줄 뿐이다.

그러나 중국의 백화본이나 연극에서는 그가 수영의 달인이며, 말보다 빨리 달리고, 봉을 잘 쓰는 인물로 등장한다. 이것은 민중들이 자신들과 마찬가지로 무지렁이 근본을 가진 무길에 대해 지극한 애착심을 보여주는 것이 아닌가 싶다.

黃飛虎 | 하계 · 주나라

황비호

황비호는 무성왕부의 수장으로서 은나라의 병권을 책임지는 막강한 인물이었다. 더군다나 가문은 7대에 걸쳐 조정의 요직에 있었고, 여동생은 귀비의 신분이었으므로 그의 위세는 날아가는 새도 떨어뜨릴 정도였다.

그의 무력 또한 태사 문중을 제외하곤 적수가 없을 정도였고, 충성심 또한 지극하였다. 때문에 주왕조차도 그를 인정하고 두려워하기까지 하였다.

이런 황비호가 은나라를 등지게 된 외면적인 이유는 그에게 앙심을 품은 달기의 모략에 의해 아내 가씨와 여동생이 적성루에서 억울하게 죽고, 의형제인 휘하 사대금강의 충동 때문이라지만, 그와 같이 의협심과 충절을 갖춘 무장이 주나라에 귀의함으로써 혁명의 정당성을 갖추려는 소설적 복선이 깔려 있음은 두말할 필요조차 없다.

아무튼 황비호는 자신의 모든 가솔들을 이끌고 조가를 떠나 모진 고난 끝에 서기에 들어간 뒤 강자아와 함께 역성혁명의 주역이 된다.

그는 대군을 지휘한 경험과 후덕한 인품으로 동벌과정에서 수많은 전공을 세운다. 그는 어려움에 처할 때마다 다른 무장들의 적극적인 지원을 받는데, 그 대표적인 인물이 숭흑호 · 최영 · 문빙 · 장영 같은 장수들이다. 하지만 황비호는 걸출한 능력만큼 적의 주된 표적이 되어 수차례 적의 포로가 되는 곤욕을 치른다.

『봉신전설』에서 황비호의 가솔들의 활약상은 실로 대단하다. 황천록 · 천작 · 천화 · 천상의 네 아들들은 물론 형제 두 명과 의형제들, 또 정벌기간 중 서기성의 방어를 책임졌던 그의 부친 황곤까지도. 그러나 안타깝게도 황곤과 황천작을 제외한 다른 사람들은 모두 전장에서 목숨을 잃고 만다.

특히 황천화와 소비호 황천상이 적의 암계에 빠져 죽는 장면에서는 절로 독자들의 탄식을 자아내게 한다. 황비호 그 자신도 예외가 아니어서, 동벌의 종반 면지성에서 장규에 의해 봉신되고 만다.

황비호는 오악을 다스리는 동악태산천제인성대제로서 사후세계인 유명지부 18층 지옥의 관리자가 된다. 즉 윤회전생과 길흉화복을 관장하는 염라대왕이 된 것이다.

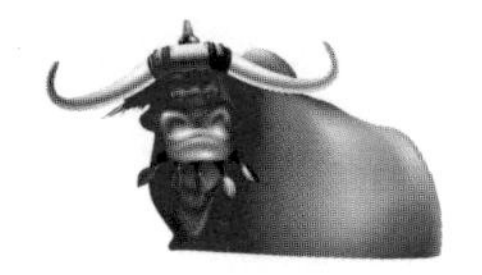

■ 영수/오색신우(五色神牛)

오색신우는 하루에 팔백 리를 달릴 수 있는 소이다. 무성왕 황비호의 탈것으로, 주인의 마음을 읽고 자신의 뿔을 공격 무기로 사용하는 뛰어난 영물이다.

黃天祥 | 하계 · 주나라

황천상

황비호가 오관을 탈출할 때 불과 7살이던 막내아들 황천상은 서기에서 나타와 무길에게 창술을 배워 대단한 활약을 펼친다. 때문에 황비호의 이름을 따 '소비호(小飛虎)' 라는 별명을 가질 정도였다.

황천상은 14살 때 서기 정벌군 대장 소호를 지원하는 왕자 은홍의 군대를 상대로 첫 싸움을 벌인 뒤, 등구공과 부친 황비호가 싸울 때는 비도를 날려 부친을 구하고 등구공을 부상시키는 등 혁혁한 전과를 올린다.

동벌군에서는 황비호의 좌군에 편입되어 청룡관 전투에서 그 용명을 날린다. 청룡관 총병 구인은 절교 출신의 도인이었지만 무예로서는 도저히 천상을 당해내지 못한다.

천상에게 수차례 중상을 입고 격노한 구인은 결국 이성을 잃고 도술을 발휘한다. 본신이 두렁허리인 구인의 머리에서 백광이 번쩍이고 그 속에서 회전하는 붉은 구슬이 나타나 천상의 정신을 빼앗고 사로잡는다. 그래도 분이 풀리지 않은 구인은 그의 목을 자르고 시체를 성루에 매달아 풍화(風化)시키는 형벌을 내린다.

풍화란 시체를 매장하지 않고 썩도록 내버려두는 것이다. 이것은 참을 수 없는 모욕이었다. 그렇게 되면 혼백이 구천에 들지 못하고 악귀가 되기 때문이다.

이로 인해 청룡관은 분개한 나타와 동벌군의 총공격을 받고 무너진다. 황천상의 사체는 지행술을 쓰는 토행손이 회수하여 천작이 서기로 호송한다.

황천상은 어릴 적부터 양전이나 나타, 무길 등 곤륜의 문인들의 지극한 사랑을 받아왔다. 그러므로 그의 죽음은 가족은 물론 서기 전체에 엄청난 파장을 몰고 왔다.

이와 같은 상황은 어쩌면 계백 장군의 삼천 결사대에 막혀 있던 신라군이 치러내야만 했던 화랑 관창이나 반굴의 희생의례와도 같이 지친 병사들에게 적개심을 일깨워주기 위한 과정이 아니었을까. 그는 봉신된 뒤 군성정신의 북두성관에 봉해진다.

崇黑虎 | 하계 · 주나라

숭흑호

숭흑호는 북백후 숭후호의 친동생으로 절교의 진인에게서 도술을 익혔고, 절취신응이란 보패를 가지고 있다.

그는 정의로운 품성을 지닌 자로 숭후호가 기주후 소호를 토벌하러 갔을 때 일면 형을 지원하는 척하면서 기주군을 측면 지원한다. 또한 강자아가 문왕을 설득하여 숭후호를 토벌하러 나섰을 때도 계교로써 천하백성의 지탄을 받던 형을 사로잡아 서기측에 넘기고 숭씨 일문을 보전한다.

그 일로 북백후의 지위를 이어받은 숭흑호는 황비호를 도와 황천화를 죽인 고계능의 오봉대를 절취신응으로 제압하였다.

훗날 주나라의 동벌군이 면지성에서 장규에게 고전을 면치 못하고 있을 때 최영 · 장웅 · 문빙과 함께 나타나 황비호를 돕다가 비명에 죽는다. 남악 형산사천소성대제에 봉해진다.

■ 보패 · 영수/절취신응(截嘴神鷹)

그가 절교 진인에게서 얻은 호리병 안에는 새들의 왕으로 알려진 절취신응이란 매가 담겨 있다. 무쇠부리를 가진 이 신응은 적의 얼굴을 쪼아서 집중력을 빼앗기도 하고, 말의 눈을 쪼아 적장을 낙마시키기도 한다. 숭흑호가 소전충과 싸우는 고계능을 상대할 때 그 능력을 맘껏 발휘한다.

蘇護 | 하계 · 주나라

소호

역사에는 주왕이 유소씨라는 씨족을 토벌하려 하자 소호가 자신의 딸 달기를 바쳐 위기를 모면한 것으로 기록되어 있다. 하지만 소설 속의 기주후 소호는 자신의 딸을 원하는 주왕을 질책하고 주왕이 이를 꾸짖자 오문에 반역시를 써붙이고 일전을 불사하는 강직한 인물로 그려진다.

이 일로 인하여 분개한 주왕이 숭후호와 희창을 보내 기주를 정벌하려 한다. 이에 숭후호는 선불리 싸움을 벌여 대패하고 망신을 당하지만, 희창은 소호에게 편지를 보내 딸을 바쳐 가문을 보전하고 백성들을 전화의 고통 속에서 구할 것을 권한다. 이 내용에 마음이 움직인 소호는 딸을 주왕에게 바친다.

하지만 딸이 조가로 가던 도중 구미호리정에게 혼백을 잃어 요사스런 여인으로 탈바꿈하여 주왕을 미혹시키며 국정을 농락하자 큰 고민에 빠진다.

황후가 된 달기로 인하여 권세는 얻었지만 천하의 지탄을 받게 된 소호는 서기 정벌의 명이 떨어진 기회를 틈타 아들 전충과 함께 주나라에 귀순하여 딸로 인해 얻은 오명을 벗고자 한다.

그 과정은 숱한 어려움 속에 오랜 시간이 걸렸지만 결국 목적을 이루고, 은나라 황실과 조정은 국척의 반역이라는 전대미문의 사건에 경악한다.

그러나 기주후 소호의 이런 행동은 주왕과 달기의 폭정에 지친 천하백성들의 공감을 산다. 그리하여 그가 동벌군 좌군 부장으로 참전하여 동관에서 싸울 때, 보패 금광번(金光旛)의 주인 여조는 그를 죽이면서도 안타까움을 금치 못했던 것이다. 군성정신의 동두성관에 봉해진다.

鄭倫 | 하계 · 주나라

정륜

정륜은 기주후 소호의 휘하 장수로 천교 선인인 구정철차산의 도액진인에게 상대의 혼백을 빼앗는 흡혼광(吸魂光)을 전수받고, 적을 포로로 잡는 오아병, 즉 까마귀처럼 시커먼 복장의 정예병사들을 이끈 명장이다.

그는 기주성 전투 때 숭흑호를 사로잡아 그 위력을 증명하였고, 주나라에 귀의해서는 자신과 비슷한 도술을 쓰는 진기와 자웅을 겨루기도 하였다.

그는 완고하고 충의에 가득찬 성격이어서 주군인 소호가 주나라에 항복하려 할 때 끝까지 싸울 것을 설복하였고, 직접 황비호 · 황천화 부자를 사로잡기까지 한다. 하지만 수많은 곤륜 문인들의 도술에 밀리고, 등선옥의 오광석에 얻어맞는 등 고난을 겪다가 주나라에 사로잡힌다.

강자아는 이런 정륜의 강직함에 감복해 소호를 통해 그를 설득하는데, 여기에는 그가 천교 출신이라는 점도 감안되지 않았을까 싶다. 아무튼 그는 주나라에 합류하여 혁혁한 공을 세우다 맹진에서 매산칠괴(梅山七怪)의 일인인 김대승에게 죽음을 당한다. 서방 불교를 지키는 진수산문 호법정신 금강역사에 봉해진다.

鄧嬋玉 | 하계 · 주나라

등선옥

삼산관 총병 등구공은 삼공 중의 한 사람인 실제인물 구공의 변신이다. 그는 주왕에게 딸을 헌상하지만 그 딸이 왕을 따르지 않자 노한 주왕이 부녀를 모두 죽이고 그 살로 젓갈을 담았다고 한다.

아무튼 그는 서기 정벌군의 임무를 맡기까지는 남백후 악순과 악전고투를 벌이고 있었다. 그런데 이 전세를 반전시킨 인물이 절교의 도인에게 탄석술, 즉 돌팔매질을 배운 딸 등선옥이었다.

그녀는 하계 제일미녀로 불릴 정도로 아름다운 여인이었다. 때문에 뭇 남자들은 그녀를 애모하면서 가슴을 태우는데, 때문에 주왕은 등구공이 서기군에 항복한 것보다 등선옥이라는 미녀를 빼앗겼다는 점에 더 분개하였다.

서기 정벌에 나선 등구공과 등선옥은 초기 서기군의 공세에 고전을 면치 못한다. 이때 신공표에게 설복당한 구류손의 제자 토행손이 등장하여 그의 편에 합류한다. 토행손은 동부에서 훔쳐온 보패 곤선승과 지행술로 서기군을 곤경에 빠트린다.

이때 승리에 취한 등구공이 술에 취하여 토행손에게 '서기성을 함락시키면 내 사위로 삼겠다' 라는 실언을 하고, 이 말 한마디가 부녀의 운명을 송두리채 바꾸어놓을 줄이야 그 누가 알았겠는가.

이로 인해 등선옥은 결국 토행손과 결혼을 하고 어쩔 수 없이 항복한 등구공과 함께 서기군의 주력으로 활동한다.

백발백중의 오광탄석술

등선옥은 토행손의 스승 구류손으로부터 이전보다 더욱 강력한 백발백중의 오광탄석술을 전수받는다. 이후 그녀는 선인들의 싸움이 혼전 상태일 때 오광석을 던져 분위기를 반전시키거나, 위기를 타파하는 등 커다란 활약을 하였다.

난쟁이 토행손과의 금실도 좋아 뭇 남성들의 부러움을 샀던 그녀는 면지성에서 남편과 같은 날 숨을 거둔다.

기이하게도 지행술을 쓰는 남편은 지행술을 쓰는 장규에게, 오광탄석술을 쓰는 그녀는 태양신침을 날리는 고란영에게 당하고 만다. 등구공은 군성정신의 청룡성, 등선옥은 육합성에 봉해진다.

■ 보패/오광석(五光石)

오색빛을 내는 돌. 최초의 탄석술은 명중률이 부정확했지만 구류손의 법술이 담긴 오광탄석술은 백발백중이라 수많은 절교의 선인들과 은나라 무장들이 그 돌에 맞아 낭패를 당한다.

太上老君 | 천계 · 현도

태상노군

태상노군은 도가의 시조인 노자의 도호이다. 그 노자의 진면목을 보여주는 전설과 설화는 수없이 많다.

공자가 노자를 찾아가 예를 물은 일이 『사기』에 기록되어 있다. 이때 노자는 "그대의 자만과 욕망, 위선과 허영을 제거하도록 하라"고 말했다고 한다.

그 후 공자는 "나는 물고기나 새나 짐승에 대해서는 잘 알고 있고, 그것을 잡는 법도 알고 있다. 하지만 용에 대해서는 전혀 모른다. 노자라는 사람은 바로 용과 같은 인물이다"라고 노자와의 만남을 회고했다고 한다.

노자는 윤회를 초월하고 시간과 공간도 자유자재로 넘어서는 존재로 그려진다. 『봉신전설』에서도 그는 태상노군이란 도호를 가지고 원시천존과 통천교주의 대사형으로서 그 누구도 범접할 수 없는 위엄과 권위를 지닌다.

태상노군은 양파를 초월한 도교의 시조이므로 선계의 분쟁에 관여하지 않는다. 하지만 그를 끌어들이는 쪽이 절대적으로 유리할 것임은 두말할 필요조차 없다.

때문에 천교의 선인 적정자는 태극도를 일부러 요천군의 낙혼진에 떨어뜨려 요천군으로 하여금 태상노군의 권위를 모독하도록 유도한다.

이 의도는 신공표에게 간파되었지만, 절교도들이 그의 경고를 무시함으로써 태상노군이 현도에서 나올 수 있는 계기가 마련되었다. 이 일은 광성자가 통천교주를 세 차례 배알한 사건과 함께 선계 대전의 중요한 사건으로 남는다.

아무튼 태상노군은 『봉신전설』에서 세 차례 대전에 참가하는데, 그것은 선계 자체가 와해될 위기라고 판단했기 때문이다. 곧 삼선고가 구곡황하진을 펼쳤을 때, 통천교주가 수미산의 보검으로 주선진을 펼쳤을 때, 그리고 만선진이 동벌군을 막아섰을 때이다.

태상노군의 지고무상한 법력을 드러낸 것은 주선진에서다. 그는 의제인 통천교주를 일깨우기 위해 한 번의 호흡으로 세 명의 도인을 만들어내 통천교주를 굴복시킨다.

이 일은 절교의 문도들에게도 커다란 감동을 주었다. 그리하여 만선진에 이르렀을 때 육혼번을 들고 있던 장이정광선이 태상노군에게 귀의할 생각을 품게 된 것이다.

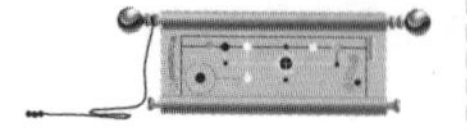

■ 보패/태극도(太極圖)

태극도는 하나의 두루말이 모양이지만 그 효능은 지고무상하여 건곤(乾坤), 곧 천지를 열고 음양을 가르며 사상(四象)을 다스리는 힘이 있다. 곧 세계의 본질을 조절하고 그 안의 존재들을 굴복시키는 능력이 있다.

■ 보패/풍화포단(風火蒲團)

풍화포단은 긴 비단 모양으로 어떤 대선이라도 빙빙 둘러싸 사로잡을 수 있다. 삼선고의 맏이 운소낭랑과 절교의 대선 다보도인이 이 보패에 하릴없이 포획된다.

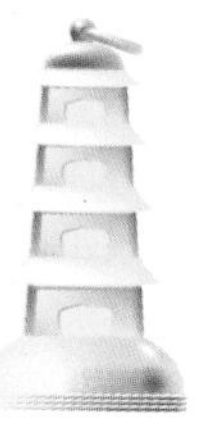

■ 보패/영롱보탑(玲瓏寶搭)

방어용 보탑으로 연등도인이 이정에게 준 영롱탑과는 성격이 다르다. 이 보탑은 태상노군의 머리 위에 나타나 만도광화라는 빛을 발하여 상대의 도술과 보패를 차단하는데, 보패라기보다는 도력의 상징이다.

■ 보패/이지염광기(離地焰光旗)

현도를 상징하는 깃발로 광성자가 제자 은교가 시전하는 자신의 보패 번천인을 제압하기 위해 빌린 것으로, 사기를 제압하고 도력을 억누르는 효력이 있다.

■ 영수/판각청우(板角靑牛)

태상노군은 언제나 이 청우를 타고 다닌다. 종종 직계제자인 현도대법사가 고삐를 끌기도 한다. 청우라고 해서 푸른 빛깔이 아니라 칠흑(漆黑) 빛깔이니, 태상노군이 머물고 있는 현도와 잘 어울린다.

女媧 | 천계 · 선계

여와

여와낭랑은 선인이 아니라 천계의 신으로 중국 고대 전설에 따르면 인류를 탄생시켰으며, 공공씨가 부주산을 들이받아 기울어진 대지를 바로잡는 등 인간을 위해 힘쓴 존재이다. 하지만 『봉신전설』에서는 선계와 천계 간의 연락장교쯤으로 설정되어 있다.

『봉신전설』은 여와궁을 참배하러 갔던 주왕이 그녀의 미모에 반하여 벽에 시를 적어놓는 것으로 시작된다. 인류의 조상격인 그녀가 이런 모욕을 참기란 힘들었을 것이다. 때문에 여와는 초요번을 발동시켜 여우와 꿩, 비파석 요괴를 소환해 은나라의 멸망을 촉진시키도록 명령한다.

이로써 달기와 호희미, 왕귀인 삼요가 은나라의 궁궐을 혼음광태로 몰아넣게 된다. 하지만 애초부터 여와의 본심은 이들 삼요를 살려둘 생각이 아니었다. 그녀의 관심은 요괴보다는 인간에게 있었기 때문이다.

■ 보패/초요번(招妖旛)

작은 호리병 속에 담겨 있는 검은 깃발로 주문과 함께 발동되면 천지에 있는 모든 요괴와 정령들을 불러모을 수 있다. 여와는 이 보패로 삼요를 불러들여 주왕을 미혹시키도록 명한다.

■ 보패/산하사직도(山河社稷圖)

그림을 펼치면 가공의 환상세계가 나타난다. 때문에 그 안에 들어선 자는 방향을 잃어 도저히 빠져나갈 수 없다. 마치 태상노군의 태극도와 비슷한 효과이다. 여와는 양전에게 이 그림을 주어 원홍을 사로잡도록 한다.

龍吉公主 | 천계 · 선계 · 천교

용길공주

용길공주는 천계의 인물이다. 그의 아버지는 천제인 호천상제이며 어머니는 서왕모로 불리는 요지금모이다. 그녀는 모친인 요지금모가 매년 주최하는 반도회에서 자신의 미모를 선인들에게 내보인 죄로 선계로 추방되어 봉황산의 청란두궐에서 은둔하게 되었다.

그녀의 아름다움은 이루 형언할 수 없어서 그녀를 한번 본 선인들은 도저히 수행을 계속하기 힘들었다. 이런 소문을 듣고 호기심이 생긴 양전이 일부러 청란두궐까지 찾아가 그녀를 만나보기까지 한다.

그녀의 출현은 실로 극적이었다. 은교를 도와 화룡도의 도인 나선과 유환이 서기성을 불바다로 만들었을 때 홀연 나타나 무로건곤망으로 불을 끄고 사해병으로 그들의 보패를 빼앗는 등 맹활약을 펼쳐 감탄을 자아낸다.

그 후 용길공주는 서기 정벌군의 대장 홍금이 그 옛날 반도회에서 자신의 실체를 드러내게 했던 절교측 도인의 제자이며, 요지에서 잃어버린 기문둔을 가지고 있음을 알고 그를 사로잡아 강자아에게 넘겨준다.

그렇지만 인연은 때와 장소를 가리지 않는 법, 바야흐로 강자아가 홍금을 참수하려는 찰나 혼인을 주관하는 월하빙인이 나타나 홍금과 용길공주와의 인연을 알린다. 당혹스러웠지만 용길공주는 천명을 좇아 홍금과 결혼한다.

복이 넝쿨째 굴러 들어온 것은 홍금이었다. 목숨을 건진데다 천계 제일미녀인 용길공주를 아내로 얻었으니 멀찍이서 용길공주를 사모하던 여러 문인들만 졸지에 닭 쫓던 개꼴이 되고 말았다.

그러나 이들 부부의 행복은 그리 길지 못했다. 본래 절교 문하였던 홍금이 통천교주에게 자신의 입장을 변명하기 위해 만선진 안으로 들어가자 용길공주도 함께 따라갔다가 금령성모의 음양주에 격중되어 목숨을 잃고 만다. 훗날 군성정신의 홍란성에 봉해진다.

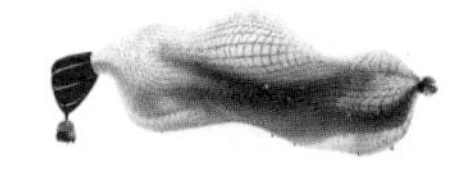

■ 보패/무로건곤망(霧露乾坤網)

무로(霧露)가 안개와 이슬이니, 이 보패는 물로 짠 그물을 말한다. 이 보패는 오행상극의 이치에 따라 상대가 불이라면 어떠한 것이든 끌 수 있다.

■ 보패/사해병(四海瓶)

물을 넣어두는 병 모양인데, 안에는 바다가 그대로 들어 있어 적의 보패를 빨아들여 그 속으로 떨어뜨린다. 무로건곤망과 마찬가지로 불을 이용하는 보패의 천적이다.

羽翼仙 | 선계 · 절계 · 천계

우익선

봉래산의 우익선은 소호가 주나라에 귀순하고 그 후임자인 삼산관 총병 장산이 서기 토벌군을 이끌고 있을 때 출현한다.

신공표의 청에 따라 참전하기는 하였지만 우익선은 본래 싸움을 별로 좋아하지 않았다. 하지만 일단 화가 나면 걷잡을 수 없을 정도의 도력을 발휘하는 존재이다.

이런 성격을 파악한 강자아와 양전이 좋은 말로 그를 구스르는데, 이런 태도에 우익선은 흐뭇한 반응을 보인다. 그런데 성미 급한 나타가 참지 못하고 욕을 하며 급습을 가한다. 그와 동시에 곤륜의 문인들이 일제히 협격하니 우익선은 당황하여 커다란 타격을 입고 도망친다.

이와 같은 천교측의 표리부동함에 노기가 치민 우익선은 서기성 자체를 초토화시키기로 마음먹고 밤이 되자 본신을 드러내고 서기성 상공으로 날아오른다. 우익선의 본체는 대붕금시조로서 상고의 천황 때 득도한 괴조였다. 날개를 펴면 하늘의 절반을 덮어 가릴 수 있고, 그 날개로 바람을 일으키면 어떤 성이라도 초토화시킬 수 있었다.

이를 알고 당황한 강자아가 도술로 북해의 물을 끌어들여 방어막을 치지만 그 정도로는 대붕이 일으키는 바람을 이겨낼 수 없다. 이에 원시천존이 남극선옹으로 하여금 바닷물에 삼광신수라는 성수를 뿌려 물을 단단하게 만들어 위기를 모면토록 한다.

이와 같은 상황을 알지 못한 우익선은 밤새 날개를 부치지만 아무런 효과가 없다. 새벽이 되어 우익선이 지쳐 있는 절호의 기회를 틈타 연등도인은 제자인 이정과 함께 도인으로 변신하여 그를 영취산으로 유인한 뒤 백팔염주를 먹여 굴복시킨 후 제자로 삼는다.

이후 우익선은 연등도인을 도와 금계령 하늘에서 공선과 혈투를 벌이지만 대패하여 전신이 만신창이가 되는 낭패를 겪는다.

五夷山 散人 | 선계

오이산의 산인

오이산의 백운동에는 천교나 절교 어느 쪽에도 얽매이지 않고 방어용 보패만을 만드는 선인들이 머물고 있다. 홍진에 물들지 않는 특징을 가진 이들은 나름의 유유자적한 삶을 즐기는 특별한 존재들이라 선인이 아닌 산인(散人)으로 불려졌다.

그들 중 대표적인 인물이 소승(蕭升) · 조보(曹寶) · 교곤(喬坤)이다. 이들 가운데 부진에 흥미를 가지고 있던 교곤은 십절진을 파해하기 위해 해살삼을 입고 나타났다가 화혈진에서 목숨을 잃는다.

소승과 조보는 연등도인이 조공명에게 쫓길 때 등장한다. 소승은 독문보패인 낙보금전으로 조공명의 박룡삭과 정해주를 빼앗지만, 보패가 아닌 철편에 또다시 낙보금전을 사용했다가 죽고 만다. 이후 조보는 연등도인을 따라 서기에 갔다가 홍수진에서 희생된다.

교곤은 태세부신의 야유신에 소승과 조보는 각각 금룡여의부의 초보천존 · 납진천존에 봉해진다.

■ **보패/해살삼(解煞衫)**

상대의 도술로부터 몸을 지키는 옷으로 오늘날의 방탄복을 연상하면 되겠다. 하지만 교곤은 화혈사에 의해 드러난 피부에 검은 모래를 맞고 한줌의 혈수로 변하고 만다.

■ **보패/낙보금전(落寶金錢)**

오이산 산인들의 걸작품이다. 날개가 달린 커다란 동전 모양인데, 이와 부딪치면 어떤 보패든 갈무리된 도력이 상실되고 만다. 방어용 보패이지만 그 위력은 현도의 보물인 정해주조차 무력화시킬 만큼 뛰어나다. 약점이라면 보패가 아닌 일반 무기에는 아무런 효력을 발휘하지 못한다는 점이다.

準提道人 · 接引道人 | 서방

준제도인 · 접인도인

준제도인과 접인도인은 선인이라기보다는 불타에 가깝다. 그들은 선계에서 봉신계획이 실행될 때 불교와 인연이 있는 인물들을 서방으로 인도하여 불법의 수호자로 끌어들이는 역할을 맡고 있다. 한편 장래에 동방으로까지 교세를 확장시키기 위한 사전포석을 수행한다.

이에 따라 준제도인은 적극적으로 활약을 개시하는데, 천교측에서 제압하지 못하는 서방에 인연이 있는 야차 마원이나 공선 등이 그의 법력에 힘을 쓰지 못하고 서방으로 인도된다.

접인도인의 활약은 초기에 매우 소극적이어서 광성자가 청련보색기를 빌리러 왔을 때도 냉정하게 거절한다. 하지만 준제도인이 말하는 교세 확장이란 대의명분에 공감한 뒤 적극적으로 선계의 전투에 참여한다.

그는 통천교주가 주선진과 만선진을 설치하자 준제도인과 함께 태상노군, 원시천존을 도와 절교들과 일전을 겨루기까지 한다.

준제와 접인 두 도인의 법력은 실로 무한하여 원시천존이나 태상노군과도 별 차이가 없을 정도였기에 이들이 가세하자 선계의 봉신계획은 보다 수월하게 끝을 맺는다.

그 대가로 두 도인은 영아선이나 오운선 등 절교의 대선들은 물론 연등도인 · 문수광법천존 · 구류손 · 광성자 등 천교측의 선인들까지 불교의 울타리 안으로 끌어들일 수 있었다.

■ 보패/칠보묘수(七寶妙樹)

준제도인의 보패는 수없이 많았지만 그 중 주무기는 칠보묘수이다. 이 보패는 상대에게 타격을 입힌다기보다는 온화하게 감싸안는 불교적인 특징을 보여준다. 하지만 그 안에 갈무리되어 있는 법력은 무궁하여 공선이나 통천교주의 도력도 무력화시킬 수 있다.

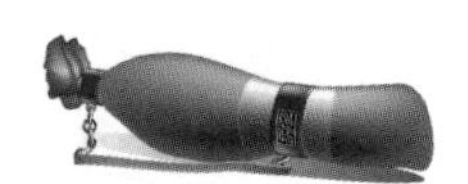

■ 보패/여의건곤대(如意乾坤袋)

여원이 같은 이름의 보패를 지니고 있지만 위력면에서는 커다란 차이가 있다. 여원의 여의건곤대는 토행손을 사로잡았다가 구류손에게 탈취당하기도 하지만, 접인도인의 여의건곤대는 만선진 안에서 서방에 인연이 있는 수백 명의 도인들을 한꺼번에 쓸어담을 정도로 막강한 위력을 가지고 있다.

■ 보패/청련보색기(青蓮寶色旗)

서방의 불도를 상징하는 깃발로 홍진(紅塵)에 물들지 않는 고귀한 기운을 품고 있다. 번천인의 기운을 누르는 데 사용되었다.

天界三聖 | 천계

천계 삼성

『봉신전설』에서 봉신계획이란 선계와 하계 사이에 신계(神界)를 만드는 이야기이다. 하지만 선계 위에는 천계라는 또 다른 세계가 있다.

천계(天界)는 아주 오랜 옛날부터 존재하며 세계와 인간을 지켜온 신들이 거주하는 곳인데, 그곳 화운궁에는 중국인들의 시조로 알려진 삼황, 곧 복희씨 · 신농씨 · 헌원씨가 머물고 있다.

이들은 선계의 재편성에는 직접 관여하지 않고 봉신계획에 초연한 자세를 견지한다. 다만 여악이 지상에 전염병을 퍼뜨린 뒤 곤경에 처한 서기군의 양전이 찾아오자 약초와 선단을 주어 인간들이 고통에 빠지지 않도록 배려하고, 또한 여덕이 천연두균을 퍼뜨렸을 때 또다시 양전에게 선단과 함께 승마(升麻)라는 약초를 전해주어 그들을 고통에서 구해준다.

柏鑑 | 신계

백감

청복정신 백감은 『봉신전설』에서 빠져서는 안 될 인물이다. 그는 오축정령(五畜, 돼지 · 개 · 고양이 · 닭 · 거위)들과 함께 기산에 봉신대를 축조하고, 이 봉신대 안으로 혼백들을 인도하는 중대한 역할을 담당하기 때문이다.

백감은 본래 황제가 이끌던 군대의 총사령관이었다. 하지만 전장에서 무신 치우의 화기에 격중되어 동해바다 속에 빠진 뒤 육신에서 혼백이 빠져나오지 못한 채 천년 동안 파도에 휩쓸려다니며 고통을 받았다.

그를 청허도덕진군의 조언에 따라 강자아가 구출하여 봉신대 축조와 관리를 그에게 맡긴 것이었다.

이 공로로 백감은 모든 신들에 앞서 정식으로 청복정신에 봉해졌다.

鴻均道人 | 선계

홍균도인

홍균도인은 태상노군과 원시천존, 통천교주 등 천교 · 절교를 총괄하는 삼교의 스승이다.

만선진에서 세 교주가 다툴 때 홍균도인은 단 한 차례 등장하여 통천교주의 영진포일술을 무력화시킨 뒤 선계의 분쟁을 조정해주고 사라진다.

이 홍균도인의 실체는 무엇인가. 그는 태초부터 존재하고 태극을 생성한 모든 것의 시점, 또한 선인이 수업을 쌓아 마지막으로 돌아가는 우주 혼돈, 즉 카오스이다. 카오스 그 자체가 혼돈이니 홍균도인이란 그 무형의 혼돈씨가 잠시 사람의 모습을 빌려 드러낸 것이다.

따지고 보면 홍균도인은 선계는 물론 그 상위에 있는 천계마저 그의 영역이다. 하지만 천계는 세계 질서 그 자체를 지키고 다스리는 곳이고, 혼돈씨의 존재는 그것을 방해하는 것이 되므로, 소설에서는 홍균도인이란 이름을 써 선계의 최고 위치에 군림하는 형태를 취한 것이다. 홍균도인은 그 존재 자체가 도(道)이다. 그러므로 도교의 개조인 노자, 즉 태상노군까지도 그의 영역 안에 있다.

강자아와 주공단의 나라

강자아의 제나라

역성혁명 과정에서 최고의 공을 세운 강자아는 지금의 산동성 지역에 위치한 제나라의 제후로 봉해진다.

이 지역은 당시 매우 궁핍하였는데, 강자아가 백성들에게 철과 소금 · 어업을 권장하고, 각종 의례를 간소화하니 민생이 활력을 되찾았다.

당시 제나라 땅 영구에서 현인으로 칭송받던 광(狂)씨 형제는 예를 간소화하는 강자아를 일러 '제후로서 품위가 없다' 고 비방하였다. 이에 강자아는 '아무런 일도 하지 않고, 무위도식하면서 위정자를 비방하는 자는 용서할 수 없다' 며 두 사람의 목을 단숨에 베어버렸다. 일하지 않는 자는 살 가치가 없다는 뜻이다. 이런 풍조가 널리 퍼지니 나라가 발전하지 않을 수 없었을 것이다.

그 뒤 무왕의 뒤를 이은 성왕은 강자아에게 '동쪽 지역은 제나라에 맡긴다' 라는 교지를 내린다. 이로부터 강자아는 주나라에 대항하는 소제후나 만족을 정벌하여 제나라의 영지를 늘리는 한편 선정을 베풀어 주나라의 안정을 도모하였다. 이런 그의 업적은 훗날 춘추 시대 제나라가 전국의 패자가 될 수 있는 바탕이 되었다.

주공단의 노나라

대업이 완성된 뒤 무왕의 동생 주공단은 노나라의 제후가 되었지만 새로운 국가의 안정을 위해 도성에 머물며 무왕을 보좌하였다. 이후 나이 어린 성왕이 등극하자 국사를 대행하면서 영지에는 자신의 아들을 파견하였다. 그때 주공단은 아들에게 이렇게 일렀다고 한다.

"나는 문왕의 아들, 무왕의 동생 그리고 성왕의 숙부로서 제후 가운데 가장 고귀하지만 손님이 찾아오면 식사를 하다가도 뛰쳐나가 맞이한다. 너 역시 이와 같은 예로써 사람을 대하도록 하라."

그 후 주공단은 3년이 지나서야 아들로부터 노나라의 정세를 보고받는다. 까닭을 따져 물으니 규범을 정비하고, 백성에게 3년상을 지키도록 했기 때문이라는 것이다. 그러나 강자아가 다스리는 제나라에서는 다섯 달도 되지 않아 이미 보고가 도착되어 있었다.

두 나라의 경우가 너무나 차이 나는지라 주공단이 강자아에게 편지를 보내 물으니, 의례를 간소화하고 백성들의 풍습을 존중하니 보고를 늦출 까닭이 없다는 대답이었다. 이에 주공단은 탄식하며 이렇게 말했다.

"무릇 정치란 백성들이 속박을 느끼지 않고 자연스럽게 왕의 뜻을 따르도록 하는 것이 제일인데, 안타깝구나. 우리 노나라는 언젠가 제나라의 속국이 되겠구나."

훗날 과연 그의 예언은 적중하였다.

■ 사족

중국의 소설에 대하여

소설가

『한서(漢書)』에는 중국 고대의 사상을 10가지로 분류해놓았다. 그것은 곧 유가(儒家)·도가(道家)·법가(法家)·묵가(墨家)·명가(名家)·농가(農家)·음양가(陰陽家)·종횡가(縱橫家)·잡가(雜家)·소설가(小說家)이다.

재미있는 것은 오늘날 우리가 제자백가의 일파로 알고 있는 병가(兵家)는 여기에 속하지 않고, 소설가(小說家)가 끼여 있다는 점이다.

그런데 여기에서 소설(小說)이란 실로 '하찮은 이야기'라는 뜻이다. 당시의 소설은 내용면에서도 지금의 소설과는 전혀 다른 민간에 전승되는 이야기에 불과했다. 때문에 『한서』에서도 이러한 분류를 '구류십가(九流十家)'라 하여 아홉 가지의 사상적 흐름에 소설가를 겨우 끼워넣어 주었음을 명확히 하고 있다.

지괴에서 전기로

소설이 이와 같은 잡문의 개념에서 틀을 갖추며 발전하기 시작한 것은 삼국 시대 조조와 같은 문학 애호가들이 등장하면서부터이다. 그들은 떠돌아다니는 이야기들을 모으고, 거기에 창의력을 더하여 수많은 문학작품들을 생산해낸다.

한편 그 시대에는 불교나 도교 등 여러 종교들이 세력을 확장하던 시기였다. 때문에 교인들을 끌어모으기 위해 신비한 이야기들을 널리 유포시킨 시기이기도 하다. 물론 내용이나 구성면에서는 빈약하기 짝이 없었지만 이로부터 소설의 싹이 트였다고 하겠다.

이 모든 결과물을 통틀어 '지괴(志怪)' 라 하였는데, 지괴는 당나라 때에 들어서면서 훨씬 짜임새 있는 모습으로 변모하면서 '전기(傳奇)' 라는 이름으로 자리잡는다.

이 전기는 애정이나 무협, 괴기 등 다양한 주제를 소화해내며 당시 귀족과 지식인들 사이에 빠르게 퍼져나갔다.

속강에서 설화로

당나라 중기 이후 문학에는 전기와는 성격이 다른 속강(俗講)이란 명칭이 등장한다.

이것은 불교의 융성과 발맞추어 승려들이 서민들에게 설법을 하면서 자연스럽게 발전한 것인데, 그들의 이야기를 들은 신도들을 중심으로 '설화(說話)' 로 불리는 다양한 소설들이 세간에 퍼져나가게 되었다. 이 당시에 『삼국지연의』·『서유기』·『수호지』 등이 소설의 형태로 정리되었다.

명나라 때에 이르러서는 이러한 전기와 설화들이 책의 형태로 세간에 나타나기 시작하였다. 문자 교육이 보편화되자 일반 백성들도 전대의 귀족들이나 지식인들처럼 책을 읽을 수 있게 되었고, 고리타분한 경전보다는 소설 형태의 이야기책이 인기를 끌게 된 것이다.

그런데 당시의 책은 문어체가 아니라 구어체, 즉 백화(白話) 형식으로 쓰여져 백화소설이라 하였고, 또 연속극 형식으로 이어졌기에 장회소설이라 부르기도 하였다.

실제로 민간 전승으로 내려오다가 명대에 정리된 것으로 알려진 『봉신전설』의 연의본만 해도 60회에서 120회~200회에 이르는 것이 있을 정도로 다양하고, 그 내용조차 천차만별이다.

연의에서 소설로

문맹자가 많은 중국에서는 백성들의 여흥을 위한 연극이 매우 발달하였다. 연의(演義)가 바로 그 연극의 대본이다.

이야기가 이미 백화소설 형태의 문학으로 자리잡고 있다 할지라도 중국의 민중들은 여전히 연극에 심취해 있었다. 때문에 백화소설은 자연스럽게 더 많은 독자를 위한 연의의 형태로 변모하였는데, 그 중에 대표적인 것이 바로 나관중의 『삼국지연의』이다. 그 뒤를 이어 수많은 연의물들이 탄생하였는데 『봉신연의』도 그 가운데 하나이다.

아무튼 이렇게 탄생된 연의물들은 일반 백성의 사랑을 받으며 면면히 이어져오다가 청나라 때에 들어서 비로소 '소설(小說)'이란 명칭으로 서가에 자리잡는다.

이렇듯 수많은 관객과 독자들의 성원을 등에 업은 소설 작품들이 명대를 넘어 겨우 청대에 이르러서야 인정을 받게 된 데는 소설을 잡문으로 터부시하였던 지식인들의 오만이 일익을 담당하였을 것으로 추측된다.

『봉신전설』

공자는 일찍이 '괴력난신(怪力亂神)을 말하지 말라'고 하였다. 선비처럼 살려면 괴물이나 폭력, 난세나 귀신 따위를 입에 올리지 말라는 얘기이다. 하지만 일반 백성들은 세상의 괴력난신이 죄다 모여 있는 『봉신전설』 같은 얘기에 빠져들지 않을 수 없었을 것이다. 고리타분한 유교 경전보다야 어찌 즐겁고 재미있지 않을 수 있었겠는가.

참고문헌

거울로 보는 관상 신성은 해역,자유문고,1998
공자 노자 석가 모로하시 데츠지,동아시아,2001
노자 이동철 역해,고려원,1996
노자를 웃긴 남자1,2 이경숙,자인,2000
노자와 21세기 김용옥,통나무,2000
노자와 도가사상 김학주,명문당,1998,
논어 홍승직 역해,고려원,1996
논어 김상배 해역,자유문고,1998
도교란 무엇인가 酒井忠夫 외 저,최준식 역,민족사,1990
도교와 신선의 세계 쿠보 노리타다,정순일 역,법인문화사,1993
도덕경 최태섭 역해,홍신문화사,1990
만다라의 신들 立川武藏, 김구산 역,동문선,1991
모략1,2,3 차이위치우 외,김영수 옮김,김기협 감수,들녘,1996
봉신연의 안능무 평역,이정환 옮김,솔,1999
사기 사마천,최진규 역해,고려원,1996
산해경 최형주 해역,자유문고,1998
삼국지 현장 이이녕 편역,마당,1986
삼국지 나관중,이문열 평역,민음사,1999
세계상식백과 동아출판사,리더스다이제스트,1983
세계의 종교 세르게이 토가레프,한국종교연구회 역,사상사,1991
세계전쟁사 육군사관학교 전사학과,봉명,2001
선불영웅전 허중림 지음,김장환 옮김,여강출판사,1992
손자병법 손무,유동환 역해,고려원,1996
수신기 천보,전병구 해역,자유문고,1998
신 이야기 중국사 강영수,좋은글,2001
신선들의 세계 에자와 쇼카쿠,경인문화사,1994

신선사상과 도교　도광순,범우사,1994
신선전　갈홍치천,명문당,1994
신역 육도삼략　이기석 역해,홍신문화사,1991
어록 삼국지　이이녕 편역,마당,1986
온가족이 함께 읽는 불교이야기　정혜주,혜능 감수,들녘,2000
장자　최진규 역해,고려원,1996
장자, 도를 말하다　오쇼 라즈니쉬 강의,류시화 옮김,예하,1997
주역　양학성 해역,자유문고,1998
주역입문　조용일,동문선,1994
중국 신화의 세계　이인택,풀빛,2000
중국고대신화　이훈종,법문사,1982
중국고대신화(동양고전신서 22)　김희영 편역,육문사,1993
중국신화전설(1)　袁珂,전인초,김선자 역,민음사,1992
중국신화전설사전　편집부,경인문화사,1987
중국역대시가선집　기세춘 · 신영복 편역,이구영,김규동 감수,돌베개,1994
중국의 고대신화　袁珂,문예출판사,1989
중국의 신화(교양중국선 2)　김영구 편역,고려원,1987
중국의 신화와 전설　이토 세이지,넥서스,2000
중국의 토속신과 그 신화　진기환,지영사,1996
중국환상세계　시노다 고이치, 이송은 옮김,들녘,2000
춘추좌씨전　최오순 역해,홍신문화사,1991
케임브리지 중국사　패트리샤 버클리 에브리,시공사,2001
포박자　갈홍,장영창 편역,자유문고,1998
한권으로 읽는 팔만대장경　진현종 지음,들녘,1999
환상의 전사들　이치카와 시다하루, 이규원 옮김,들녘,2000

찾아보기

【ㄷ】

【ㅁ】

【ㅂ】

【ㅅ】

【ㅈ】

【ㅊ】

【ㅋ】

【ㅌ】

판타지 라이브러리 FANTASY LIBRARY 시리즈

판타지 라이브러리 ①

판타지의 주인공들

이 책은 신화와 전설에 등장하는(귀여운, 혹은 무서운, 또는 아름다운) 존재들에게 초점을 맞추었다.
드래곤, 피닉스, 엘프, 드워프 등 한 번쯤 이름을 들어본 존재에서부터 만티코어, 에키드나처럼 고개를 갸우뚱거리게 만드는 것까지 환상세계에는 많은 존재들이 있다.
그들은 무엇을 먹고 살아가고 있을까? 어디에서 살고 있을까? 왜 그런 이름이 붙었을까? 모양새나 성격은 어떨까? 그리고 그들을 만났을 때 우리는 어떻게 반응해야 할까?
만약 판타지 문학이나 옛날 이야기를 좋아하고, 게임이나 영화의 세계에 흠뻑 빠져들고 싶으며, 모험심을 품고 있는 사람이라면, 이 책은 환상세계로의 즐거운 여행을 약속하는 완벽한 동반자가 될 것이다.

다케루베 노부아키 외 지음/ 임희선 옮김/ 변형국판/ 400쪽/ 8,000원

판타지 라이브러리 ②

켈트 • 북구의 신들

우리에게 잘 알려진 판타지와 동화들의 유래는 북구 · 켈트의 신화와 전설에서 찾아볼 수 있다.
이 책은 민간으로 전승되어 내려오던 수많은 전설과 민화들, 귀중한 고전 속에 담긴 흥미진진한 이야기와 그 주인공들을 소개하고 있다.
광명의 신 '루', 은팔의 '누아자', 아버지 신 '다자'를 비롯한 켈트의 신과 요정들이 사악한 포워르족과 벌인 처절한 전쟁, 교활한 '오딘', 아름다운 '프레이야', 천둥신 '토르' 등 북구의 신들이 그들에 대항하는 거인족과 펼치는 아름답고 때로는 충격적인 신화가 손에 잡힐 듯 그려진다.
신화가 실제로 있었던 과거의 일을 인간의 상상력으로 각색한 것이라면, 이 책은 판타지의 고향으로 떠나는 머나먼 시간여행이 되지 않을까…….

다케루베 노부아키 외 지음/ 박수정 옮김/ 변형국판/ 392쪽/ 8,000원

판타지 라이브러리 FANTASY LIBRARY 시리즈

판타지 라이브러리 ③

판타지의 마족들

이 책은 『판타지의 주인공들』에서 미처 소개하지 못했던, 그러나 매우 개성적이고도 독특한 캐릭터들과 판타지의 영웅들을 더욱 돋보이게 했던 매력적인 조연(助演)들을 총망라했다.
켈트와 게르만계의 요정들, 슬라브계 괴물들, 고대 메소포타미아에서 발호했던 괴물들과 페르시아의 요정 및 성수(聖獸) 그리고 인도와 최근 유명해진 발리섬의 랑다와 발롱을 덧붙였으며, 남북아메리카 대륙과 문학작품에 출몰하는 환상생물을 총괄했다.
그뿐만 아니라 지옥의 주민들(악마 · 마신)을 비롯하여, 서양의 중세마술서에 등장하는 수백 종의 악마와 마신이 묘사되어 있다. 부록에는 『판타지의 주인공들』과 『판타지의 마족들』에 나오는 몬스터를 모두 담아 마족들의 특성과 활동지역을 상세히 밝혀 놓은 환상생물들의 분포도가 실려 있다.

다케루베 노부아키 외 지음/ 임희선 옮김/ 변형국판/ 392쪽/ 8,000원

판타지 라이브러리 ④

천사

신은 7일간에 걸친 천지창조를 시작하기 전에 '불꽃'으로 천사들을 만들었다. 그들은 항상 신의 옥좌 주변에 거주하며 '위대한 신의 대리자'로서, 또한 '천계의 수호자'로서 오늘도 인간의 삶을 지켜보고 있다.
하지만 우리들에게는 천사의 이미지만이 부각되고 그 내용과 '탄생의 동기'에 관해서는 전혀 알려진 바가 없었다.
이 책은 천사들을 대표하는 7대 천사 이하 수많은 천사들의 탄생 배경과 역할 그리고 인류에게 알려지지 않았던 숨겨진 메시지까지 '천사'에 대한 모든 것이 실려 있다.

마노 다카야 지음/ 신은진 옮김/ 변형국판/ 318쪽/ 7,500원

판타지 라이브러리 FANTASY LIBRARY 시리즈

판타지 라이브러리 ⑤

중국 환상세계

천지창조 이래로 신비한 산 곤륜의 웅대한 기운이 지배해 온 나라.
끝없이 펼쳐진 광활한 대지 위에서 수천 년의 세월 동안 축적된 방대한 괴기담과 기괴한 사건들로 가득한 중국의 환상세계를 소개한다.
창조신 반고와 여와, 인류보다 먼저 세상을 지배했던 제왕들과 한발 · 공공과 같은 난폭한 태고의 신들, 그리고 용, 기린으로 대표되는 환수, 불가사의한 능력의 진수들과 태세, 야구자, 강시와 같은 요괴들이 엮어내는 흥미진진한 역사의 현장으로 독자 여러분을 안내한다.

시노다 고이치 지음/ 이송은 옮김/ 변형국판/ 335쪽/ 7,500원

판타지 라이브러리 ⑥

환수 드래곤

그 누구도 감히 넘볼 수 없었던 신비한 능력과 강력한 힘으로
수많은 신화와 전설 속에서 절대 강자로 군림한 신수
판타지 최강의 캐릭터이자 환수들의 제왕, 드래곤의 모든 것!!

위대한 자연의 힘을 상징하는 대지의 수호자인가?
악을 지배하며 인간을 위협하는 악마의 화신인가?

성스러운 갑옷과 날카로운 창이 준비되었다면
자, 신의 가호를 빌며 당신의 운명을 시험해 보라!

소노자키 토루 지음/ 임희선 옮김/ 변형국판/ 424쪽/ 8,500원

판타지 라이브러리 FANTASY LIBRARY 시리즈

판타지 라이브러리 ⑦

소환사

네가 원하는 것은 부인가, 영광인가?
그렇지 않으면 신에 이르는 진리인가? 피와 재앙인가?
우리들의 소환사는
가만히 앉아서 시간과 공간을 초월할 수 있다.
초월적인 힘을 가진 다른 세계의 주민을
이 세상으로 불러낼 수 있다.
그리고 그들을 움직이게 하면, 모든 바람이 이뤄질 것이다.
자, 다른 세계로의 문이 열렸다.
그들의 잔치가 이제, 시작된다…….

다카히라 나루미 감수/ 신은진 옮김/ 변형국판/ 344쪽/ 7,500원

판타지 라이브러리 ⑧

타락천사

신은 우주를 창조하기에 앞서 천사를 창조했다.
천사들은 신의 의지에 따라 다양한 활동을 개시했다. 천체의 운행, 자연의 제어 등 그들의 활동 범위는 끝이 없었다. 그런데 천사들 가운데 일부가 반역을 꾀했고, '전지전능' 한 신은 그들을 천계에서 추방하여 지옥에 살도록 했다. 이들 '타락천사' 야말로 이 땅에 '악' 을 퍼뜨리는 근원이 되었다.
왜 천사들은 신에게 등을 돌렸던 것일까? 더구나 그들이 퍼뜨린 '악' 은 신이 지배하는 세계에서도 살아남았다. 어째서일까?
신 그리고 천사와 인간…….
선과 악의 기로에 선 인간의 운명은 무엇인지, 과연 신은 어떤 계획을 가지고 있는지, 베일에 가려졌던 어두운 천계의 비밀을 공개한다.

마노 다카야 지음/ 신은진 옮김/ 변형국판/ 392쪽/ 7,500원

판타지 라이브러리 FANTASY LIBRARY 시리즈

판타지 라이브러리 ⑨

신검전설

신성을 부여받은 영웅과 용감무쌍한 전사들의 무용담을 말할 때 빼놓을 수 없는 것이 있다. 바로 용, 거인, 악마, 사악한 마법사들을 상대로 휘둘렀던 창칼과 활 등의 독특한 무기들이다. 고대 민족 신화 및 중세 유럽의 기사 이야기에서 탄생한 그 무기들은 현대의 판타지에서도 계속 활약하고 있다. 『신검전설』은 그동안 우리가 궁금해했던 판타지의 신검 · 성검 · 마검 · 명검의 신비한 내력과 속성, 특수한 능력을 체계적으로 정리하였으며, 통쾌하지만 때로는 무시무시했던 그들의 활약상을 총망라했다. 만약, 당신의 눈앞에 놓인 보검이 신의 권위와 힘을 상징하는지, 아니면 악마의 저주받은 힘과 파멸을 의미하는지 알고 싶다면 이 책이야말로 최선의 안내자가 될 것이다.

사토 도시유키 외 지음/ 이규원 옮김/ 변형국판/ 303쪽/ 7,500원

판타지 라이브러리 ⑩

삼국지 인물사전

수많은 영웅호걸들에 의해 파란만장하게 수놓아진 천하쟁패의 역사!!
영원한 고전 『삼국지』를 각 인물의 데이터를 중심으로 살펴본다.
『삼국지』를 알게된 것은 한창 시절 TV와 게임에서였다. 무려 18시간이나 게임을 하다 맥이 풀려 키보드 앞에서 졸다가 퍼뜩 깨보니 게임 종료 화면만 떠 있었던…… 그런 바보같은 추억이 있었다. 그러나 게임을 진행하다가 '전투력 · 지력 · 정치력 · 활약도 면에서 이 무장의 수치가 과연 정확한 걸까?' 라는 의문이 머릿속을 떠나지 않았고, 그때부터 나는 삼국지 만화부터 읽기로 작정했다. 이윽고 삼국지연의, 정사 등과 같은 문헌을 정신없이 탐독하기 시작했고, 어느 날 문득 주위를 둘러보니 방안이 온통 『삼국지』로 가득 차 있었다.

고이데 후미히코 감수/ 김준영 옮김/ 변형국판/ 488쪽/ 9,000원

판타지 라이브러리 FANTASY LIBRARY 시리즈

판타지 라이브러리 ⑪

성좌의 신들

칠흑 같은 밤하늘 속에서 찬연하게 빛나는 무수한 별들
별들의 그 신비한 아름다움은 인간의 상상력에 날개를 달아주었다.
신화와 전설 속에는 유독 별자리에 얽힌 이야기들이 많다. 이는 '하늘에는 신들이 살며, 별자리는 인간의 운명을 새겨놓은 신들의 비밀문서' 라는 고대인들의 우주관과 깊은 연관이 있다. 동물의 언어를 들으려는 사람에게 '솔로몬 왕의 반지' 가 필요한 것처럼, 이 책은 수천 년을 반짝거리며 우주를 항해하던 별들의 속삭임을 알고 싶은 사람들에게 꼭 필요한 마법의 지도가 될 것이다.

나가시마 아키히로 지음/ 신은진 옮김/ 변형국판/ 424쪽/ 8,500원

판타지 라이브러리 ⑫

낙원

"나는 지금 평온하게 이곳에 도착하였다"

원죄로 물든 인류의 고향, 에덴 동산
히말라야에 숨겨진 영혼의 고향, 샴발라
신비로운 도교사상의 정수, 무릉도원
켈트의 영광을 간직한 아발론 섬
신의 축복과 지혜가 가득한 시바의 왕국
사라진 전설의 대륙, 아틀란티스
신의 영역에 도전했던 신전 도시, 바빌론
무참한 살육과 피로 얼룩진 황금전설, 엘도라도
삶과 죽음의 경계를 비웃는 암살자의 계곡

마노 다카야 지음/ 임희선 옮김/ 변형국판/ 284쪽/ 7,500원

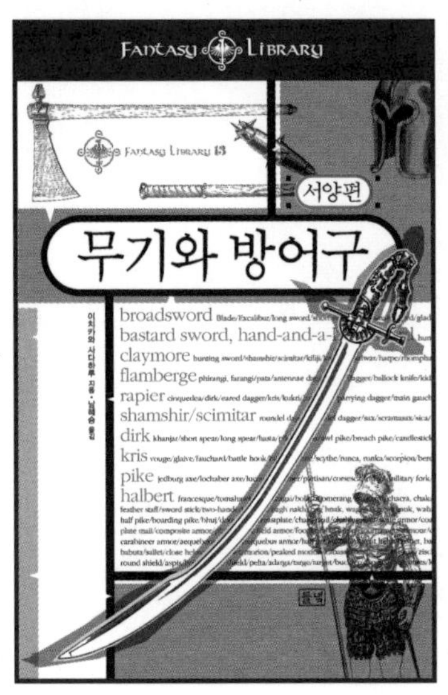

FANTASY LIBRARY
서양편
무기와 방어구
broadsword
bastard sword, hand-and-a-
claymore
flamberge
rapier
shamshir/scimitar
dirk
kris
pike
halbert

FANTASY LIBRARY
환상의 전사들
The history of Warriors